인문 | 오디세이아

이 책은 '2021 NEW BOOK 프로젝트–협성문화재단이
당신의 책을 만들어드립니다.' 선정작입니다.

인문 오디세이아

홍대욱

출판 편집자로서 일하며 살아왔고 지천명의 나이가 되어서야 시인이 되었다.

돌아가신 나의 어머니는 이 세상에 '나'라는 책을 남겼다. 나라는 책은 책을 읽으며 세상을 배웠고 책을 만들기도 하고 쓰기도 했다.

이 책은 개인 블로그와 SNS에 이어 쓰기도 하고 전작으로 쓰기도 한 글 모둠으로 독자로서 읽은 책의 서평, 독후감, 편집자로서 만든 책의 편집 후기 따위를 개인의 인생사, 경험 등을 엇섞어 쓴 것이다.

주로 '인문서'를 다루었고 국내서와 외서를 망라했다. 애당초 하나의 '인문서 가이드북'을 쓰겠다고 구상했고 이를 통해 한국 출판의 연대기를 부분으로나마 살펴보자고 생각했지만 욕교반졸(欲巧反拙)이 되지는 않았는지 걱정스럽다.

여기서 다룬 책을 쓴 지은이, 책을 만들고 펴낸 출판인, 편집자들께 감사한다. 모자란 글을 읽고 질정해 주신 김경집 선생님, 정주하 선생님, 협성문화재단의 여러 분들께도 고개 숙여 감사한다.

이 책에 실린 책 이미지는 모두 지은이가 사진 찍거나 스캐닝 한 것이며 각 책의 장정과 도안 디자인의 저작권은 해당 출판사와 디자이너에게 있다는 것을 밝혀 둔다.

2021년 12월

지은이 홍대욱

c o n t e n t s

02 내가 읽은 책, 만든 책과 세상

01 동시대의 가쁜 숨을 함께 쉬며

1 한라의 핏빛 노래

이산하, 「한라산」, 『녹두서평』 1집, 1987(단행본 시집은 시학사, 2003)
김봉현, 김민주, 「제주도 인민들의 4·3 무장투쟁사」,
『제주민중항쟁 4·3』(전자책), 소나무, 2009

1987년, 생애 첫 직장인 출판사에 출근해 그날 배송 거래명세서를 챙기고 있던 나는 사무실로 난입한 20여 명의 무술경관들에 의해 출판사 대표, 영업부장, 경리직원과 함께 눈이 가려진 채 알 수 없는 곳으로 연행되었다. 서울시경 대공수사단 장안동 대공분실이었다. 붉은색 방음벽과 흰색 욕조가 인상적이었다. 며칠 동안인가의 취조가 끝난 후 나는 성동경찰서로 옮겨졌다.

취조 중에 웃지 못할 에피소드가 몇 가지 있었는데 카를 마르크스의 초상화와 키스한 일, 그리고 내가 졸지에 3개 국어에 정통한 석학으로 둔갑한 일이다. 강제로 꾸며진 조서에는 내가 카를 마르크스의 『자본』 1, 2, 3권, 자본 제4권으로 불리는 『잉여가치학설사』, 그리고 '요강'이라 불리는 『그룬트리제』까지를 독일어본, 영어본, 조선어(북한)본으로 모두 독파한 것으로 적혔다. 책을 만들어 팔았으니 당연히 읽어 본 것 아니냐는 게 그들의 논리였다.

내가 일한 출판사는 본격적인 출판 사업 전에 잠정적으로 해외 학술서 리프린트 판매를 했다.

24시간 정도인가의 취조 끝에 엎드려 잠이 들었는데 수사관이 소리치며 깨워 눈을 뜨는 순간, 마르크스의 얼굴이 나의 얼굴을 강타했다. "너, 이것 붙여 놓고 아침마다 절했지?" 신학생 후배가 독일 트리어 여행 기념 선물로 준 것이었다. 그걸 가택수색을 해서 가져와 내 얼굴에 바짝 들이밀어 대놓고 주먹질을 한 것이었다.

유치장으로 옮겨진 나는 회벽만 응시할 뿐이었다. 얼마나 오래 회색빛 벽에 갇혀 살아야 할 것인가. 몇 년? 몇 십 년? 하지만 정작 걱정되는 것은 따로 있었다. 우선 경찰의 압수수색에 맞닥뜨린 홀어머니가 쓰러지시지나 않을까. 그리고 집에 두고 온 읽다 만 『제주도 인민들의 4·3 무장투쟁사』(김민주, 김봉현, 1963).

같은 유치장에 있던 영업부장 선배에게 책 때문에 간첩 되는 거 아닌지 모르겠네요, 했다. 그때였다. 한쪽 구석에 담요를 뒤집어쓰고 모로 누워 있던 한 사내가 부스스 몸을 일으켜 한마디 하는 것이었다. "괜찮을 겁니다. 이미 공공연한 책인데요, 뭘." 바로 장편 서사시 「한라산」의 이산하 시인이었다. 그는 당시에 부정기 간행물 『녹두서평』에 「한라산」을 발표해 구속된 상태였다.

제주민중항쟁의 진상 규명이 여전히 석연치 않은 상황에서 아직도 한국 사회 극우 세력이 지적(知的)인 한센씨병 취급하고 불온시하는 이 두 권의 책을 나는 청소년을 비롯한 독자 대중이 읽어야 할 책으로 권한다. 사실과 진실이 담긴 양서이기 때문이다.

2 다른 색깔의 민주주의

이강국, 『민주주의 조선의 건설』,
조선인민보사, 1946

언젠가 월세 내기가 막막해 지금은 고인이 되신 어머니께서 예전에
책 좋아하는 나를 위해 모아 주신 책들을 내다 팔고는 울적한 마음에
시 한 편 적었다. 이 책은 그때도 팔지 않고 남겨 놓은 책이다. 남로당
의 영수 박헌영의 에이스, 김일성 전 주석도 그 인물과 지성, 언변을
질시해 함께 회의하기를 싫어했다는 해방 직후 좌익의 스타 이강국의
책이다.

잘 가라 책

1946년생 짙은 녹색 표지 '정지용 시집'

靑馬 인지가 아직도 새빨간 '유치환 시선'

청계8가 헌책방에서 와서 나의 꼬질한 종이 성에 함께 살았던

어린 정신의 등나무 덩굴과 푸른 이끼였고

자위하는 서툰 육체가 자라는

작은방 문을 꼬옥꼬옥 닫아 주신 어머니였던 책

인사동 통문관 해맑은 주인 손에 맡기고 돌아와 엎드려 운다

제날짜와 수지를 꼬박꼬박 못 맞추는

내 계획경제의 무능 탓에 그대들을 내다 판 나는

이 후기자본주의의 몸을 위해 추억을 팔아먹은 놈이 되었다

새하얀 날 선 백지와 붙어먹으려고

한 번도 내 손을 벤 적 없는 착한 페이지들을

난봉꾼처럼 동구 밖으로 쫓아내 버렸다

이제 손금에 남은 과거는 이강국 '민주주의 조선의 건설' 단 한 권

나는 왜 시집들을 버려야 했단 말인가

헤어짐을 알아챈 나의 옛날 검은 새끼 고양이

가슴팍에 발톱 묻고 떨어지지 않으려는 녀석을 뜯어낸 후

몇 년 만인가 다시 찾아간

동네 시장 어묵 가게에서 나를 싸악 외면했었지

마음대로 떠나 버린 자 죽기 전에 반드시 한 번은 무릎 꿇고

깊게 쓰라리게 뺨이라도 할퀴어 달라 애원하리라는 것을 배웠다

나 초라하게 늙은 어느 날 만나게 된다면

눈곱 낀 눈과 떨리는 손으로 처음 만났을 때와 똑같은

너의 누런 페이지 위에 눈물 뚝뚝 흘리게 되리라

『민주주의 조선의 건설』을 다시 한번 읽어 본다.

"현하 조선의 정세는 조선 해방의 국제성에 의해 제약되고 있다. 해방 이래 과도기에 처한 금일 조선의 일반 정세는 극히 복잡 미묘하다. 정치적으로 민족통일이 결여되고 있나니 그것은 무엇보다도 우리 민족 자체의 결함에 의한 것은 물론이거니와 조선 전체가 공통된 민주주의 원리와 기준에서 문제의 해결을 보고 있지 못한 관계에도 그 원인이 있는 것이라는 것을 잊어서는 안 된다.

(…)

남북의 차이는 대개 세 가지 점에서 나타나고 있다. 첫째는 치안유지권 행정권을 조선인에게 넘겨주는 여부에 있으며 둘째는 일제 잔존 세력

의 숙청 유무에 있으며 셋째는 몰수 일제 재산을 조선인의 손에 맡기는 연불연에 있는 것이다.

(…)

새로운 손님을 급히 주인으로 모신 노예근성과 아부 천부를 구비한 조선의 반동세력은 국제적으로 반민주주의 진영과 연결하여 국수주의화하고 있다."[1]

---

1 • 이강국, 『민주주의 조선의 건설』, 조선인민보사, 1946, 32쪽

3 인사동 키드와 세 잡지

월간 『뿌리깊은나무』,
『공간』, 『춤』

서울 인사동이 지금처럼 줄기도 뼈대도 없는 모조품과 주정뱅이, 소 갈머리 없는 구경꾼과 알맹이 없는 겉멋으로 휑한 거리가 되어 버린 데 대한 소회는 나이 지긋한 전통주의자들만의 것이 아닐 것이다.

외할아버지가 인사동에서 골동품 가게를 운영했고, 육사 출신의 유 부남 장교와 사랑에 빠져 나를 이 아름다운 연옥에 낳아 주시고는 버 림받은 어머니가 친정 가업을 이었기 때문에, 인사동은 나의 '구역(이 른바 繩張り)'이나 다름없었다. 온고당(溫古堂), 상미당(常美堂), 고림재

(古林齋) 등으로 상호가 변천하면서 외가가 운영했던 고미술상점이 있던 인사동에서 어린 시절을 보낸 나는 이를테면 인사동 키드였던 셈이다.

어떤 학습 이론에 따르면 인간은 문자와 추상적인 의미보다는 모양과 그림을 훨씬 더 쉽게 기억하고 의식에 간직한다고 하는데, 초서를 어렴풋하게나마 알아보고, 요즘은 박물관에서나 볼 수 있는 문화재급 도자기의 제작 기법인 투각이라든가 흑상감 등을 입으로 주워섬길 줄 알고, 어디를 수리했는지, 어느 정도는 진품과 짝퉁을 알아보게 된 소양은 그때 만들어졌다.

그 시절은 요컨대 도시 근로자 평균임금을 꽤 웃도는 소득의 대학 교수나 중소기업인, 골동품 애호가 등이 취미로 월급을 헐어 큰맘 먹고 소품 등을 수집하고, 호암미술관을 세운 삼성 이병철 가문이 '앞을 내다보는 미래 투자의 안목'으로 본격적인 매집을 개시했던 때이며 무엇보다『뿌리깊은나무』,『춤』,『공간』등 한국 문화사에서 기념비적인 잡지 출판물들이 왕성하던 문화의 시절이었고 한창기, 조동화, 김수근 등 문화계의 굵직한 거목들이 인사동에 왕성하게 발걸음을 하던 때였다.

아무튼 토기, 민속품, 고서와 희한한 것들이 많던 때였다. 통문관 주인장이 외할아버지에게 가게 개업 기념으로 오래된『한국사연표』책을 선물했던 시절이었다. 짐 자전차(거)로 거래하던 중상꾼(중개상인)

으로 고생 끝에 성공한 통인가게 창업주가 건물을 지어 올렸는데(지금 바로 그 건물이다), 가방끈이 몹시 짧다는 그가 직접 쓴 간판 글씨가 지렁이네, 참신하네, 말도 많던 시절이었다.

지금은 없어진 중국음식점 천향각의 화교 주인장 둘째 딸이 눈부시게 예뻐서 넋을 잃고 주시하느라 그녀가 아직 엽차를 따르지도 않은 빈 컵을 입에 가져다 댔다가 허공만 빨고 민망해하던 아릿한 시절이었다.

지금 인사동에 옛날은 없다.

4 피자 조각 운동장과 햇살

서머싯 몸, 「달과 6펜스」(선집)
마르셀 프루스트, 「잃어버린 시간을 찾아서」(정음사, 1985)
도스토예프스키, 「죄와 벌」

이렇게 여러 권의 책들을 묶은 이유는 오늘, 지금의 햇살과 라디오에서 흘러나오는 비틀즈의 〈예스터데이〉 때문이다. 햇살과 음악이 하늘에서 보면 그 평면이 잘라진 피자 조각 같을 서울구치소의 재소자 운동 마당으로 나를 데려간다.

아, 그때와 똑같은 햇살과 음악이라니! 피자 조각 운동장 중심의 감시탑 스피커에선 〈예스터데이〉가 흘러나오고 한쪽에선 서진룸살롱 사건의 사형수 고금석 씨가 체조를 하고 있었다.

아파서 병원에 있어 보니 사실 환자보다는 보호하는 가족이 더 고생이라는 것을 알겠던데, 수감 생활을 해 보니 당사자보다는 옥바라지하는 사람이 더 고생이라는 것을 절실하게 깨닫게 되었다. 어머니께 편지할 때마다 책을 차입해 주십사 하고 몇 권씩의 목록을 보냈었는데 마음고생은 물론이고 책을 정확하게 확인해 구하는 데 적잖이 고생하셨으리라 짐작된다. 마르셀 프루스트의 『잃어버린 시간을 찾아서』(정음사 판)는 그때 차입을 부탁해 3권 「게르망트 쪽」까지 보았다.

그 밖에는 서머싯 몸의 소설을 즐겨 읽었다.

나는 국가보안법 위반 혐의로 구속되었지만 조직 사건에 비해서는 덜 중대하게 여겨지는 출판 관련 사건이라 절도범들과 같은 사동에 수감되었다. 처음 방에 들어서서 참았던 소변을 보려고 바지춤을 내리자 감방장, 그러니까 군대로 치자면 그 방의 선임이 대갈일성 하는 것이었다. "앉아!" 공동 화장실의 위생 관리 차원이었다. 시몬 드 보부아르가 여성주의 퍼포먼스로 학창 시절에 일부러 남성처럼 서서 소변을 보았다지만 나는 그것과 정반대의 상황에 직면한 것이었다.

이 감방장이라는 길동무(이문열 선생이 『젊은 날의 초상』에서 인생길의 벗을 이렇게 불렀다)를 잊을 수가 없다. 나는 처음에 그가 목사인 줄 알았다. 노란 털실로 엮은 십자가를 목에 걸고 감방 안의 예배를 주도했기 때문이다. 뒤에 알고 보니 그는 교회 헌금 털이였다. 십자가 목걸이는 양말 실을 풀어 만든 것이었다.

어느 날이었다. 나는 서머싯 몸에, 그리고 같은 방의 다른 이는 도스토예프스키의 『죄와 벌』에 몰입해 있었다. 교도관이 물었다. "123번, 무슨 책 봐?" "달과 6펜스요."

"○○○번, 너는?"

"죄와 벌이요."

교도관이 한숨을 내쉬고 혀를 끌끌 차며 말했다.

"아휴. 자식아, 진작 좀 읽지 그랬어."

■ 알베르 마티에, 김종철 옮김, 『프랑스혁명사』,
창작과비평사, 1982
알베르 소부울, 최갑수 옮김, 『프랑스 대혁명사』, 두레, 1984
조르주 르페브르, 민석홍 옮김, 『불란서혁명사』, 문교부, 1959
Thomas Carlyle, 『French Revolution, Random House』,
1837(초판)
遲塚忠躬, 『フランス革命 歴史における劇薬』, 岩波新書, 1997

이런 표현이 적절할까마는, '급진사상에 목
마른' 대학 프레시맨 시절 김수행, 정운영, 박
영호, 윤소영으로 이어지는 한신대학교 경상학부의 보석 같은 일련의
정치경제학 강의가 한껏 기대치를 올려놓은 탓에 외래교수들의 강의
에서도 비슷한 해갈을 기대했는데, 예컨대 양재혁 선생의 청대학술사

상에서는 중국혁명사상사를, 시인 황지우 선생의 프랑스현대철학에서는 알튀세르의 마르크스주의를, 그리고 최갑수 선생의 유럽사에서는 프랑스혁명사를 내심 기대했다.

그중 최갑수 선생의 유럽사 강의에서 나는 기요틴과 자코뱅, 로베스피에르가 언제 나오나 하고 목을 빼고 기다렸지만 아! 복잡 현란한 유럽의 왕조, 가문, 가계 그리고 혼맥을 설명하는 서론부 강의에 기진맥진하고 말았다. 최갑수 선생의 목소리는 더없이 우렁차고 박력 넘쳤지만 나의 동공은 차츰 풀려만 갔다.

프랑스혁명! 찰스 디킨스의 저 유명한 문장 "최고의 시절이자 최악의 시절, 지혜의 시대이자 어리석음의 시대, 믿음의 세기이자 의심의 시대, 빛의 계절이자 어둠의 계절, 희망의 봄이면서 절망의 겨울" 그리고 "우리 앞에는 모든 것이 있었지만 한편으론 아무것도 없었"[2]다는 그때.

지즈카 다다미(遲塚忠躬)의 『フランス革命 歷史における劇藥』(岩波新書, 1997)[3]은 소설가 김훈 선생이 즐겨 쓰는 말마따나 '난폭한' 시대, 프랑스혁명이 왜 초기에 평등의 깃발 나부끼는 이상적인 사회를 지향하

2 • 이은정 옮김, 『두 도시 이야기』, 펭귄클래식코리아, 2012
3 • 한국어판: 남지연 옮김, 『프랑스혁명 역사의 변혁을 이룬 극약』, 에이케이커뮤니케이션즈, 2017

는 운동이었다가 피비린내 나는 역사의 참극으로 변해 갔을까, 하는 의문에서 출발한다.

이런 의문은 프랑스혁명의 경과를 조금이라도 일별해 보았다면 남녀노소 누구나 품어 봄직한 상식적 의문이리라. 하지만 이런 의문은 1980년대 프랑스에서 이른바 '신철학'이라는 탈을 쓴 반공철학의 기수 베르나르 앙리 레비처럼 "성공한 모든 혁명의 필연적 변질에 귀 기울이려"는 불순한 의도를 가진 의문과는 다르다.

프랑스혁명의 원인에 대한 갑론을박이야 오래고 지난했지만 이제는 학계뿐 아니라 대중 사이에서도 일정한 사회적 합의를 이끌어 낸 편이라고 할 수 있다. 카를 마르크스는 물론이거니와 조르주 르페브르를 비롯해 알베르 마티에, 알베르 소불로 이어지는 마르크스주의 프랑스 혁명사관의 업적은 부르주아지 출신의 역사가들과는 달리 대혁명이 궁극적으로 경제 관계에 얽힌 모순에 의해 설명된다는 것, 혁명의 궁극적 원인은 바로 중층적 착취 구조에서 결국은 인민에게 전가되는 경제적 부담이었다는 것이다.

그런데 『트로츠키 전기』를 쓴 아이작 도이처에 따르면 "빈곤은 혁명 자신의 피이고 살이며 숨결"이지만 알베르 마티에는 이렇게 보충해 설명한다. "혁명은 기진맥진한 나라에서 터지는 것이 아니라 그와는 반대로 진보의 밀물을 타고 번창하는 나라에서 일어난다. 가난은 때로 폭동을 야기할 수는 있다. 그러나 가난은 거창한 사회적 격변을 일으킬 수 없다. 이런 격변은 언제나 계급 간의 균형이 깨어질 때 일어난다."

토머스 칼라일은 "굶주림, 추위, 가차 없는 억압이야말로 프랑스혁명의 원동력"이라고 했는데 이 책의 지은이 역시 혁명의 원인에 대해 이와는 다른 견해를 보이지는 않는다.

다만 우리처럼 역사적 격변기의 유혈극을 둘째가라면 서러워할 정도로 목격한 집단 트라우마를 가진 공동체는 왜 혁명이 피비린내 나는 유혈 참극이 되어 가야만 했는가라는 의문을 피해 갈 수도, 가볍게 여길 수도 없다. 이 의문에 대한 지즈카 다다미의 대답은 이렇다. "극약이란 작용이 강력하여 위험한 약제다. 즉 사회를 변혁하는 데 대단히 효과적이면서 위험한 작용도 함께 가진 약제, 그것이 프랑스혁명이었다고 생각해 보는 것은 어떨까."

앞에서 인용한 토머스 칼라일의 프랑스혁명은 존 스튜어트 밀에게 초고를 빌려주었다가 불쏘시개가 되어 버려 다시 써야만 했다는 잘 알려진 에피소드에 나오는 바로 그 책이다.

난폭한 시대에 몇 번씩 불쏘시개가 된다 해도 전 인류의 유산인 고전이 그래야 하는 것처럼 혁명사 역시 얼마든지 다시 쓰이고 출판되어야 한다고 말하고 싶다.

그런데, 그런데 말이다. 우리는 책뿐만 아니라 현실의 혁명도 얼마든지 거듭되어야 한다고 말할 수 있을까?

아편전쟁이 공급자의 전쟁이듯 혁명은 극약 처방 원인 제공자의 참화지만 이 난폭한 물결에 인민도 휩쓸려 죽어 나가는데, 혁명이 얼마든지 거듭되어도 좋다고 말하는 게 무척 조심스러울 수밖에 없다. 하지만 우리가 역사의 고비마다 청산하지 못한 구체제의 적폐가 우리 아이들, 미래 세대를 두고두고 괴롭힐 것이 불을 보듯 훤한데 극약 처방만은 피해야 한다는 말만 거듭해야 할 것인가?

황인평, 『볼셰비키와 러시아혁명』, 거름, 1985

조영명 엮음, 『러시아 혁명사』, 온누리, 1985

E. H. 카, 『러시아혁명』, 나남, 1986

김학준, 『러시아혁명사』, 문학과지성사, 1990

레온 트로츠키, 볼셰비키그룹 옮김, 『러시아혁명사』, 아고라, 2017

한국어판 러시아혁명사 책이라고 하면 대개 김학준(동북아역사재단 이사장, 전 서울대 교수)의 문학과지성사판 『러시아혁명사』나 거름출판사판 『볼셰비키와 러시아혁명』(전 3권)이 가장 널리 알려져 있다.

김학준의『러시아혁명사』는 안타깝게도 일찍 돌아간 나의 철학과 학부 단짝의 표현에 의하면 마치 '무협지' 같다고 해서 영 꺼리다가 마지못해 12월당원에 관한 초반부만 집중적으로 읽다가 지은이가 당시 민정당에 영입되어 관료의 길을 걷자 때려치워 버렸던 책이다.

거름출판사판『볼셰비키와 러시아혁명』은 구소련의 공식 혁명사 또는 당사로, 조직의 학습과 활동에 긴요해서 통독했던 책이다. 유사한 책으로는 온누리출판사판『러시아혁명사』가 있는데 이는 구소련의 출판물을 포함해 불어, 독어 등으로 간행된 여러 책들을 편집한 것이다. E. H. 카의『러시아혁명사』는 다른 설명이 필요 없이 서구를 대표하는 저명한 역사가의 저술이다.

그리고 레온 트로츠키의『러시아혁명사』다. 트로츠키의 러시아혁명사는 다른 책들과 달리 입체감 있게 사진을 찍었는데, 이것은 내가 지금 힘주어 읽었을 뿐만 아니라 내세우고 싶은 러시아혁명사 책이라는 속셈을 뜻한다.

다음의 인용은 트로츠키의『러시아혁명사』의 결론이자 러시아혁명 100주년을 맞아 한국어로 된 러시아혁명사 책을 간명하게 일별해 본 이 앤솔로지의 결론이기도 하다.

"혁명이 시작된 지 15년이 지난 지금도 러시아는 결코 보편적 복지의 왕국이 아니다. 이 사실에 의해 혁명의 적들은 매우 만족스러워한다. 그러나 이 주장은 맹목적인 적대감 때문이 아니라면 사회주의 마술에 대한 지나친 숭배 때문에 빚어진 현상이다. 자본주의가 과학과 기술을 절정으로 올려놓아 인류를 전쟁과 위기의 지옥으로 떨어뜨리는 데 100년이 걸렸다. 그런데 혁명의 적들은 사회주의에 고작 15년이란 시간을 주고는 지상낙원을 건설하라고 한다. 우리는 그렇게 하겠다고 말한 적이 없다. 우리는 결코 그런 날짜를 정하지 않는다. 거대한 변화의 과정은 여기에 상응하는 시간의 규모로 측정되어야 한다.

그러나 혁명은 살아있는 인간들을 불행으로 압도하지 않았는가? 내전의 결과 발생한 온갖 유혈 사태는 어찌할 것인가? 혁명의 부정적 결과들이 일반적으로 혁명을 정당화시킬 수 있는가? 이 문제 제기는 목적론적이기 때문에 소득이 없다.

이렇게 묻는 것이 더 나을 것이다. '태어나는 것이 가치 있는 일인가?' 그러나 지금까지 이 질문에 대해 생각하며 우울해하면서도 사람들은 애를 낳았으며 새 생명은 태어났다. 도저히 참을 수 없는 고통이 난무하는 이 시대에도 지구상 인구의 극히 적은 비율만이 자살한다. 사람들은 혁명을 통해 참을 수 없는 난관을 헤쳐 나갈 길을 찾고 있다."[4]

---

4 · 레온 트로츠키, 볼셰비키그룹 옮김, 러시아혁명사, 아고라, 2017, 1009~1010쪽

7 연애, 혁명 또는 초월

프리드리히 슐레겔, 이관형 옮김,
『초월철학강의』, 마인드큐브, 2017

대학 시절, 경험이 있는 사람도 있겠고 없는 사람도 있을 테지만 동아리의 '엠티'라는 것을 가서 '세미나'라는 것을 했다. 주로 정세와 사회 운동, 다양한 혁명사상이나 마르크스주의와 같은 유익하고 참신한 교양과 사상을 공유하고 토론했다. 당대의 정당성 없는 권력과 악질 공안 당국자들은 이를 '의식화'라는 말로 불렀지만 우리는 '자유로운 철학 대화'라고 부르도록 하자.

나는 내가 몸담은 동아리의 계룡산 엠티 세미나의 자유로운 철학 대화에서 참석자들을 적잖이 당황하게 만든 발언을 한 적이 있다. 요컨대 "사랑과 투쟁은 본질적으로 동일하다. 연인을 포용하는 것과 민중의 편에서 싸운다는 것도 같은 맥락이다."라는 것이다. 당시의 나를 아는 사람들은 '연애 대장'답다고 할지 모르겠는데 여기서 '답다'는 데 대해 어느 정도 수긍하지 못하는 것은 아니지만, 아무튼 나는 운동권 동아리의 구성원으로서는 실패했다.

한신대학교 철학과에서 공부했고 서울대학교 대학원 철학과에서 독일 낭만주의 철학을 연구한 이관형이 오랫동안 갈고닦은 공부를 통해 공들여 우리말로 옮긴 이 책의 첫 쪽을 열고 나서 읽는 동안 내 머릿속에는 내내 앳되고 설익은 시절의 모험심 가득하고 치기 어린 발언이 맴돌아서 쥐구멍을 찾기도 했고 또 감히 비교할 수는 없겠지만 일찌감치 비슷한 사상적 모험의 단초를 마련한 슐레겔 선생에게 뒤늦게 고개를 숙였다.

그리고 옮긴이의 말마따나 그간 낭만주의 이해의 편향들, 특히 진보주의자로 자처하는 자들 중에서도 새로운 사회를 향한 열망과 환희, 그러나 혁명적 이상의 좌절로 인한 패배감, 배신감이나 현실도피 등을 낭만주의와 등치하는 악의에 차고 치졸한 소견을 씻어 내 줄 뿐만 아니라 철학으로서 낭만주의의 제자리를 찾아 주고 정치사상으로서 낭만주의를 복권하는 데 대해 무릎과 손뼉을 치는 데 주저하지 않았다.

슐레겔은 생성과 파괴, 혼란과 동요로 구성된 현실 속에 자기 초월의 변증법적 가능성이 무한히 열려 있다는 것을 보여 준다. 슐레겔은 피히테에서 출발해 자아와 그와 대립한 자연을 예술적으로 통합하고 자 하는 초월적 관념론 체계를 거쳐 정신과 자연, 양자의 근거에 있어 서 동일성을 확립하는 동일철학의 체계로 발전해 나가는 시대정신으 로서의 낭만주의를 보여 준다.

슐레겔에 따르면, 계몽주의와 이성주의 전통에 의해 억압되고 망각 되고 무시되어 온 인간과 문화의 중요한 원천인 사랑의 힘을 기억하고 되찾아 부활시켜야 한다. 슐레겔은 "사랑의 정신이 낭만주의 예술의 모든 곳에서 보이지 않게 보여야 한다."고 한다. 아, 사랑, 사랑 말이 다. 물론 나는 슐레겔이 계룡산 자유로운 철학 대화에서 내가 한 발언 을 합리화해 주고 있다는 말을 하고자 하는 것이 아니다.

나는 러시아 데카브리스트(12월당원)나 시인 하이네의 혁명적 낭만 주의, 그리고 로버트 단턴이 밝히고 있듯 프랑스 혁명 전야에 계몽주 의보다 더 강한 영향력을 행사했던 비합리적인 생각과 정서의 흐름 같 은 것을 지나치게 '죽은 개' 취급하는 게 못마땅했을 뿐이다. 이를 테면 영화의 한 장면일 뿐이지만 강동원 · 송강호 주연의 영화 〈의형제〉에 서 철혈의 남파 공작원 '그림자'가 내뱉던 대사 "감상적인 새끼들" 같 은 태도가 못마땅했던 것이다

이제 계룡산으로는 그만 빠지고 예나의 슐레겔로 돌아오자.

슐레겔에 따르면, 예술가는 사랑의 힘을 통해서만 정신과 자연을 낭만화할 수 있고 세계의 잃어버린 신비와 아름다움을 느끼고 재발견하며 재창조할 수 있다. 사랑을 통해서 우리는 소외되고 분열된 자아 내부의 힘들인 영혼과 육체, 이성과 감정은 물론 자연 및 타인과의 진실한 관계를 회복할 수 있고 세계와 다시 하나가 될 수 있다. 즉 오직 사랑과 사랑의 의식을 통해 인간은 인간이 되며 세계를 낭만화할 수 있다.

이것이 대립과 갈등을 화해시키고 통일하는 열쇠다. 자연을 분석하여 재구성하는 기계적 정신인 계몽주의의 지성과 프랑스혁명처럼 우연적이고 돌발적인 결합을 뜻하는 화학적 정신인 위트를 넘어서고 모든 분열을 극복하여 조화로운 전체를 직관하는 살아 있는 천재의 정신을 유기적 정신이라고 하는데, 이는 바로 사랑의 힘에 기초한다.

그러므로 낭만주의는 계몽과 이성의 부정인 비합리주의가 아니라 계몽과 이성의 일면성에 대한 비판이며 이성의 교정이자 확장을 통해 전인격의 완성을 목표로 하는 계몽의 계몽이다.

낭만주의 시는 시적인 모든 것, 시를 짓는 아이가 꾸밈없는 노래 속에 내뿜는 한숨, 입맞춤까지 포함한다. 이를 '초월시'라고도 하는데 현실과 분리된 이상만을 동경하는 것이 아니라 현실과 이상의 차이를 직시하되 대립·갈등·긴장 속에서도 통일과 화해, 조화를 모색한다. 이 시는 이상과 현실의 절대적인 차이와 함께 풍자시로 시작해서 비가로서 양자의 사이에서 동요하며 마침내 양자의 절대적인 동일성과 더불어 목가로서 끝난다.

마침내 목가! 나는 이 대목에서 카를 마르크스의 『독일 이데올로기』의 저 유명한 구절[5]을 떠올리지 않을 수 없었다. 슐레겔에 따르면, 시(Poesie)와 철학(Philosophie)을 결합해 인간을 교육하고 세계를 변혁해야 한다.

아아! 마침내 나는 시가 아니라 겉은 마냥 딱딱하고 골치 아플 것 같은 초월 철학 책에 감동한다. 이 책을 우리말로 읽게 해 준 옮긴이에게 감사한다.

---

5 • "아침에는 사냥, 오후에 낚시, 저녁에는 소몰이, 저녁을 들고는 비평가…"

8 당신은 뒤돌아보지 않고 직진할 수 있는가?

키에르케고르, 임춘갑 옮김, 『키에르케고르 선집』,
종로서적, 1988

장서가, 애서가가 곧 좋은 독서가는 아닐 것이다. 개인적인 소회를 밝히자면 진정한 지은이, 독서가, 실천가가 되지 못한 사람의 대리 만족일 수도 있지 싶다.

우리말 번역본 단행본을 모아 관심 있는 지은이의 선집을 꾸리는 게 취미였다. 그런 저자들로는 레닌, 루카치, 키에르케고르 등이 있다. 종로서적에서 펴낸 키에르케고르 선집의 누렇게 바란 비닐 커버를 벗겨 내고 22권 전체를 새 비닐로 커버를 만들어

입혔다. 키에르케고르는 카를 마르크스만큼이나 내게 각별한 저자였는데 안타깝게 일찍 세상을 떠난 철학과 단짝은 그를 '키에르개구리'라고 불렀다. 이 개구리 선생께서 내게 끼친 영향은 그야말로 심대했다. 개구리 선생의 책 커버를 씌우며 회상에 빠져들었다.

당신은 지금 인생의 자동차 운전석에 앉아 있다. 당신은 세 개의 거울을 볼 수 있다. 백미러와 사이드미러, 그리고 당신의 마음. 백미러는 당신의 자아와 인생의 반추이며 사이드미러는 당신을 스쳐 지나가는 타자들의 이야기이다. 사이드미러는 직진에 큰 영향을 미치지 않는다. 하지만 당신이 지금 길을 바꾸거나 유턴하고 싶다면 사이드미러는 중요하다. 이 글은 당신이 다른 길을 생각해 보도록 유혹하기 위한 것이다. 하지만 당신이 자신만의 기어를 넣고 어딘가를 향해 떠나는 것을 방해할 생각은 없다.

19세기 중반의 코펜하겐의 날씨가 어땠는지는 알 수가 없지만, 적어도 한 사내의 마음속에는 짙은 안개가 끼어 있었다. 북유럽에도 분명 햇살의 나날이 있었을 것이고, 사랑의 유희와 희망이 있었을 것이며 상업 도시의 활달함과 번잡함이 있었을 텐데 지금 이 사내의 가슴속에는 '죄'라든가 '절망'이라든가 하는 칙칙한 어휘가 배회하고 있다. 서울의 거리를 걷는 어떤 사람의 마음속에도 드리워질 수 있음직한 그 그림자는 그러나 범죄를 저질렀다든지 실직이라든가 이혼이나 실연과 같은 원인 때문이 아니라는 점에서 더 문제였다.

시간을 훌쩍 뛰어넘어, 이 사내가 죽었을 때 장례식에 모인 군중은 거의 폭동 직전의 상태였다. 그는 죽기 직전까지 덴마크 국립교회 당국과 홀로 사투를 벌였는데, 그 이유는 덴마크 국립교회가 인류 역사상 가장 고독했던 사나이인 예수의 길이 아닌 무사안일과 복지부동의 관료적 공무원의 길을 가고 있기 때문이었다. 그는 국립교회와 싸우기 위해 혼자 만드는 1인 신문 〈순간〉을 한창 펴내다 쓰러졌고, 그런 상황에 아랑곳없이 점잖은 추모 설교를 늘어놓고 있는 국립교회 목사에게 군중은 분개한 것이다.

이 위대한 '자아의 발견자'가 군중의 마음을 흔들어 놓는 투사로 죽은 것은 아이러니이다. 좁디좁은 사방 벽에 갇힌 절망 속에서 수직의 굴뚝 속 저 멀리 창공으로 가는 단독자의 길을 선포한 그의 대표작 『죽음에 이르는 병』(1849)에 한 해 앞서 위대한 '사회의 발견자'인 카를 마르크스의 『공산당선언』(1848)은 전 유럽을 흔들어 놓고 있었다. '사회'가 수많은 사람들의 마음에 불을 지르고 있는 시대에도 '자아'는 여전히 문제였다. 이 풍경이 '자아'와 '사회'의 문제가 결코 공리주의 정도로는 해결될 수는 없는 이 세상의 사정이다.

키에르케고르가 남다르게 칙칙한 생각에 빠지게 된 이유는 여러 가지로 추측된다. 굶주렸던 시절 그의 아버지가 황야에서 신을 저주했다는 것, "한 늙은 사내와 그의 몸종이었던 처녀 사이의 욕정의 찌꺼기로 태어났다는 것", 그리고 사족으로는 어렸을 때 나무에서 떨어져 남성으로서의 기능을 잃었다는 등등. 키에르케고르 자신이 인생의 '큰 지진'으로 고백하고 있을 정도로 그러한 사건들은 매우 커다란 전환점이었다.

키에르케고르는 '큰 지진' 이후 '나'를 부인하였다. 그것은 진짜 자아가 아님에도 불구하고 거짓 주인 행세를 하고 있는 '나'이다. 처음엔 키에르케고르도 오페라를 좋아하고 어린 약혼녀와 달콤한 키스를 상상하며 미래를 꿈꾸는 한 남자가 '나'인 줄 알았다. 하지만 미(美)에 대한 탐닉과 쾌락은 영원할 수 없다. 그다음에 그는 사회의 구성원으로서 자신의 직업에 충실하며 '사람 구실'을 다하기 위해 애쓰는 존재가 그냥 '나'인 줄 알았다. 하지만 문득문득 허망한 인간의 유한성에 한숨짓는다. '나'로서 어딘지 충분하지 않은 것이다.

키에르케고르는 여기서 발걸음을 이른바 종교적 실존으로 돌렸다. 키에르케고르에게 진정한 '나'는 신 앞에 홀로 선 존재이다. 키에르케고르가 도달한 것은 기독교의 신 앞이었지만, 우리는 평범한 사람으로 일하고 먹고 마시고 섹스하고 아버지와 어머니, 사장과 직원으로 책임을 다하면서 살아가다가 문득 이게 아니다 싶어서 산을 찾고 교회와 사찰을 찾으며 명상하고 때로는 출가(出家)한다. 키에르케고르처럼 심각하게 '절망'하지는 않더라도 우리가 현재의 자신에게 '실망'했기 때문이다.

그런데 키에르케고르에 의하면 우리는 반드시 절망해야 하고, 또 반드시 누구의 도움도 받지 않고 혼자 힘으로 그 절망을 이겨 내야 한다.

그러므로 지금 당신 자신이 실망스럽다면 그것은 오히려 다행이다. 완전히 스스로를 상실하지는 않았다는 증거이기 때문이다.

그동안 철학과 종교의 탐구는 많은 유익한 결론들을 선물했지만 수많은 인간 개체의 자아들은 여전히 이 복잡하고 냉담한 세계 안에서 당혹스럽다. 이러한 당혹스러움을 표현하는 말이 바로 잊어버릴 만하면 등장하는 '자아의 상실'이라는 말이다.

마르크스주의와 실존주의가 격돌했던 시대를 이미 지난 세기로 밀어 넣어 버린 지 한참인데도 여전히 '자아'는 위태롭다. "최악의 사회주의가 최선의 자본주의보다 낫다."고 한 루카치조차 만년의 정치적 실각으로 유폐되자 이렇게 말했다고 한다. "카프카도 리얼리스트였다." 1987년, 영국 총리 마거릿 대처는 '개인의 자유'에 대한 지나친 옹호에 사로잡혀 "사회 따위는 없다."고 선언했다. 그녀의 자아는 지금 행복할까.

당신의 자아는 지금 어떤가? 뒤돌아보지 않고 직진할 수 있겠는가?

9 사막에서 장미의 행방을 묻다

사아디, 김남택 옮김,
『장미의 낙원』, 정신세계사, 1990

영화계와 방송가의 일본식 은어를 빌리자면 이 책은 내가 편집자로서 '입봉'한 책이다. 오늘은 가만히 가슴에 손을 얹고 '나는 행복한가?' 하고 자문해 보았다. 마음의 소리는 '그렇다'. 무엇보다 사랑하는 사람과 함께한다는 게 행복하다. 그리고 편집자로서 행복했고 행복하고 행복할 것이다. 수많은 삶의 스승들과 책들을 만날 수 있어서 정말 행복했다.

이 행복에는 두 사람의 은인이 있다. 카피라이터 박웅현 선생은 정신세계사라는 훌륭한 출판사에 나를 추천해 주었고 편집자 강무성 선생(현 루페 대표)은 부족한 나를 받아들이고 조련해 이 책을 만들 수 있는 빛나는 기회를 주었던 것이다. 사실 난생 처음 만든 책은 일본 민항기 요도호를 북으로 하이재킹, 주사파로 전향한 적군파 리더의 수기 『우리 사상의 혁명』이지만 이는 견습 편집자로서 만든 책이고 그야말로 '제대로' 처음 만든 책이 바로 이 책이다.

지금 봐도 아름다운 초판의 표지는 편집자뿐만 아니라 북아티스트로 한 집안을 이룬 강무성 선생의 초기 작품 중 하나다.

우리나라에서 이슬람 문화에 대한 이해는 사막과 같다. 어린 시절의 우리를 양탄자에 태워 아라베스크 무늬의 아름답고 현란한 환상으로 이끌었던 『아라비안나이트』가 그나마 그 사막 위에 핀 꽃이었다고 한다면 지나친 말일까? 하지만 우리가 무한한 호기심으로 책장을 넘겼던 『아라비안나이트』조차도 방대한 내용 중 극히 일부에 지나지 않는다는 걸 깨닫게 된 것은 얼마 안 된다.

음담의 파노라마로 여겨질 수도 있는 책의 전모를 우리 청소년들에게 보여 주어서는 안 된다는 교육적 배려 또는 전 세계적으로 널리 알려진 한 서양인의 축약본 한 권으로도 이야기의 알맹이를 모두 파악할 수 있다고 여겼기 때문인지도 모른다. 아무튼 이슬람 문화에 대해 우리가 가진 이해의 넓이와 깊이는 '축약된 아라비안나이트에 대한 청소년기의 아련한 기억' 정도라고 고백해야 되지 않나 싶다.

우리가 중장비를 보낸 만큼 아랍 사람들은 오일달러를 보냈지만, 우리가 시인의 손에 책을 들려 보내지 않은 만큼 그들 또한 책을 든 시인이 아니라 계약서를 든 상인과 관리만을 보냈던 것이다. 그런데 그곳에 군대를 보내다니!

『장미의 낙원』은 13세기 이란의 최대 시인이자 수피즘 사상가이기도 한 사디(Musli-al-din Sadi, 1184~1291)의 작품이다. 그는 이란 중부의 쉬라즈에서 태어났다. 그의 생애는 세 단계로 나누어 볼 수 있는데, 그 첫 번째는 그의 출생지인 쉬라즈 그리고 바그다드에서 수학하던 1226년까지이다.

바그다드의 나자미아 학원에서 수피즘의 조명학파(school of illumination) 창시자인 수흐라와르디(Suhrawardi) 밑에서 공부한 그는, 이슬람의 성경인 코란에 대한 문자적 · 율법적 해석을 바탕으로 이슬람 공동체의 규범과 틀에 박힌 신앙을 강조하는 기존의 교리가 아니라, 체험을 통한 영지의 획득과 신성의 발견이라는 실천적 교리를 내세운 수피즘을 받아들였다.

생의 두 번째 단계를 수놓는 순례와 여행은 이러한 사상적 바탕 위에서 감행되었다고 할 수 있다. 그는 타타르인의 침입으로 황폐해진 페르시아를 떠나 1256년 고향으로 돌아오기까지 30여 년에 걸쳐 인도, 아라비아, 시리아, 이집트, 에티오피아, 모로코 등지를 여행하였다. 이 안에는 신을 향한 진지한 고행의 상징인 열네 번에 달하는 성지 메카 순례가 포함되어 있다. 지적 수련과 신앙적 단련이라고 할 수 있는 이 여행을 통해 사디는 인생의 덧없음, 신앙, 사랑, 신 안에서의 안식 등 굵직굵직한 주제들에 관해 경험과 지혜를 얻을 수 있었다.

그는 광야를 헤매기도 했으며 트리폴리의 토목공사에 노예로 강제 동원되어 중노동을 경험하기도 하였다. 고향으로 돌아온 후 지방 군주의 후대와 배려를 거절하고 은둔하면서 그동안의 학문과 삶의 경험 등을 모두 집약해 명상과 저술에 몰두했다. 칠순의 나이로 귀향한 그가 인생의 마지막까지 혼신의 힘을 다해 집필한 것이 『장미의 낙원』이다.

이 작품에는 찬양과 교훈시, 비가, 설교, 풍자시, 잠언, 심지어 음담까지를 포함한 다양한 형식과 내용을 가진 이야기들이 담겨 있다. 대체로 이 책을 관통해 흐르고 있는 기본적인 주제 의식은 수피즘에 입각한 실천적 도덕이라고 할 수 있다. 이슬람 각 종파의 교리가 체계화되고 그것이 점차 법제화되는 데 반발해 직접적인 신의 경험을 통한 생동하는 신앙을 내세운 수피즘은 11세기 후반부터 그 움직임이 일어난다.

13세기에 이르러서는 이슬람의 다수 종파인 수니파도 수피의 교리를 인정하고 수용하지 않을 수 없을 정도로 널리 확산되어 대중적인 종파로 성장하게 된다. 저명한 이슬람 학자 앙리 코르뱅(Henry Corbin)에 의하면 수피즘이란 "이슬람의 법제적이고 자구에 구애되는 종교로 깎아내리고자 하는 모든 경향에 대한 정신적 이슬람의 빛나는 저항이며 불굴의 증거"이다. 수피는 굶주림과 가난을 정의의 징표로, 부를 옳은 길에서 벗어나게 하는 악으로 보았다.

수피즘의 절정기를 살았던 사디의 작품에는 그러한 수피 사상의 기본 음조가 녹아 있다. 수피 사상가, 도덕가로서의 사디는 이 세계를 숙명론 대신 유머와 연민으로 바라본다. 때로는 욕정에 빠지고, 때로는 위선과 허약마저도 드러내는 수피들, 눈앞의 손익에 좌우되는 인간들이 이 책의 주인공들이다. 도덕적 음조를 잃지 않으면서도 다양한 인간 군상의 파노라마를 엮어 낸 사디는 바로 일상적 삶에서 참된 신앙과 현실적 도덕을 발견하려는 수피 사상의 진수를 유감없이 보여 주고 있다.

11세기에 이르러 야기된 이슬람권의 분열, 그에 따른 술탄들의 전제와 횡포를 공식 이슬람이 용인한 데 반해 수피들은 그에 저항하는 집단으로서의 위상도 가지고 있었다. 『장미의 낙원』에 나오는 최고권력자에 대한 야유와 풍자를 통해 수피즘의 그러한 반전제적 성격도 맛볼 수 있다.

『장미의 낙원』은 아라비아 반도를 비롯해 터키, 인도, 아프가니스탄, 이집트, 파키스탄 등 드넓은 이슬람 문화권 내에서 코란에 버금가는 생활 속의 고전이자 널리 암송되는 친근한 텍스트다. 일상생활에서 이 작품의 문장이나 시구는 심심찮게 관용구처럼 인용된다.

교훈과 신비주의의 결합, 사디의 천재적인 서정시인으로서의 재능까지 발휘된 이 작품에 대해 독일 역사학자 헤르더는 "술탄의 정원에 핀 최고의 꽃"이라고 말했다. 사디의 세계시민 철학과 오랜 삶의 순례가 빚어낸 이 작품은 삶이라는 사막을 헤쳐 가는 데 영혼의 물로 삼아도 좋을 반려다.

10 빨갛던 내 손가락도 헛된 꿈이 아니었으리

블라디미르 일리치 레닌, 홍영두 옮김,
『철학노트』, 논장, 1989

옛날 같으면 쓰린 속을 부여잡고 해장거리를 찾았겠지만 나의 아침도 어느새 상전벽해, 회상거리를 찾는 진풍경이다. 오늘은 역사소설 일거리가 있어 비교적 일찍 일어나 기억의 재고를 이것저것 뒤적였다.

"'이리하여 칸트 철학은 자신이 유한한 인식이라고 언명한 것을 진리라고 주장한다.'(주의할 것!!) '논리학에서는 이념이 자연의 창조자로

된다. '(하하!!)"**6**

"레닌은 엄격한 의미에서 이론가도 실천가도 아닌, 심오한 실천 사
상가라는 것, 또 열정적으로 이론을 실행에 옮기는 자이며, 이론이 실
천으로 실천이 이론으로 이행하는 바로 그 전환의 지점에 항상 자신의
날카로운 시선을 던지는 자라는 것이다."**7**

맨 처음의 인용은 레닌의 『철학노트』다.
그리고 그때도 그랬고 지금도 그렇지만 레닌을 언급하거나 인용하
는 일은 그리 대수로운 일은 아니지만, 나는 위와 같이 학부 논문에 레
닌에 대한 루카치의 상찬을 인용했다.

지면을 통해 레닌과 만난 것은 내가 편집자 1년차일 때였다. 홍영두
선생이 한국어로 옮긴 레닌의 『철학노트』 책임편집을 맡은 것이다. 한
국외국어대학교 독일어과 출신의 동료 편집자와 짝을 이루어 작업했
다. 번역의 판본이 구동독 디츠 출판사(Diets Verlag)의 독일어판 전집
(W. I. Lenin Werke) 제38권(베를린, 1981)이어서 철학 전공 편집자와 독

6・블라디미르 일리치 레닌, 홍영두 옮김, 『철학노트』, 논장, 1989
7・G. 루카치, 박정호 조만영 역, 『역사와 계급의식』, 거름, 1986, 37쪽

일어 전공 편집자를 짝지은 것이었다. 지금은 어디서 무슨 일을 하는지 모르지만, 그때 그 동료에게 『철학노트』 얘기를 꺼낸다면 아마도 그 유혈 낭자한 시절을 그리워할지 진저리를 칠지 모르겠다. 이 점에서는 옮긴이 홍영두 선생도 마찬가지가 아닐까 한다.

유혈이 낭자했다는 것은 물론 과장이지만 모나미 빨강 플러스펜으로 시뻘겋게 칠갑이 된 교정지와 손가락, 게다가 식자 칼로 가끔 손가락을 베어 마치 목판각을 하는 조선 시대 장인처럼 종종 붕대를 손에 감고 일하기도 했으니 유혈이 낭자했다는 표현을 쓸 만도 하다. 당시에는 지금처럼 컴퓨터 조판이 아니라 사진 또는 감광으로 식자가 되어 출력된 인화지를 '대지'라고 부르는 모눈종이 판에 붙여 편집을 하던 시절이었다.

레닌의 『철학노트』는 레닌이 헤겔 등의 철학 책을 읽으며 밑줄을 긋는가 하면 "주의!", "훌륭하다!", 심지어 "헛소리" 따위의 코멘트를 적어 넣은 것이기 때문에 『철학노트』의 오리지널 텍스트를 구현하기 위해서는 식자 칼로 인화지를 오려 붙이고 로트링펜으로 줄을 긋거나 도형을 그려 넣어야만 했다.

아무튼 1980년대 중후반에서 1990년대 초반의 한국 사회를 대학생, 편집자로 통과했던 나로서는 '필요'든 '필연'이든 레닌과의 만남은 '반드시 필'자가 들어가는 단어로 설명될 수밖에 없다.

또 레닌의 저작은 해적판을 포함해 여러 출판사가 분산해서 펴냈기 때문에 어쩔 수 없이 나만의 컬렉션 또는 선집을 구성할 수밖에 없었는데 도서출판 아고라가 비로소 2010년대에 처음으로, 그리고 새로 번듯하고 반듯하게 펴내고 있는 『레닌 전집』을 보면 흐뭇한 격세지감을 느낀다.

마지막으로 사족에 속하는 에피소드 하나. 레닌의 『철학노트』 흉내를 내다가 '대략 난감'했던 사연이다. 그때는 『철학노트』 한국어판 편집을 하기 훨씬 이전, 독일어판을 한 번 쓰윽 보고 났을 때, 그러니까 학부 4학년 때 외래교수의 미학 강좌를 수강할 때였다.

그 외래교수는 대표적인 국립대학의 명망 있는 미학 교수였지만 아무리 깔볼 만한 변방의 대학교라 할지라도 4학년 시험 문제에 자기가 쓴 교재 내용의 괄호 넣기 문제를 내는 '갑질성'(이건 그의 본의와는 다른 나의 해석일 수 있다) 행각 때문에 내게 미운털이 박힌 선생이다.

그는 당시 영미 분석철학을 가르치던 외래교수 민찬홍 선생의 말을 빌리자면, 서울대학교 철학과 선생 중에서도 '정예부대'에 속한다는 김문환 선생이다.

그 미운털 때문이었을까, 교재로 쓰이는 그의 저서를 읽다가 레닌처럼 "헛소리", "부르주아 미학답다" 따위의 코멘트를 적어 놓았는데, 그날따라 강의실 맨 앞자리에 앉은 나의 그 책을 그 선생이 순간적으로 강의에 필요한 내용을 보기 위해서였는지 들춰보다가 내가 책에다 쓴 메모를 보고 만 것이다. 선생과 나는 희미하고 알쏭달쏭한 눈웃음을 주고받고 말았고 훗날 성적에는 아무 영향도 없었(으리라 굳게 믿)지만 그때는 정말 난감했던 기억이 난다.

11 천사도 프라다를 입을까?

닐 부어맨, 최기철, 윤성호 옮김,
『나는 왜 루이비통을 불태웠는가?』, 미래의창, 2007

극단적인 회의론자라면 어제 아침에 해가
떴다는 경험을 통해 내일 아침에도 해가 뜰
것이라고 확신하지 못할 것이다.

"판단은 당연히 이성을 필요로 한다. 왜냐
하면 지각하지 못한 것에 대해서는 결코 어떠한 판단도 내릴 수가 없
기 때문이다. 그러나 어떤 방식으로 지각된 것을 참이라고 판단하기
위해서는 의지 또한 필요하다. 그렇지만 그것을 위해서(적어도 어떤 판

단을 내리기 위해서) 결여되지 않은 완전한 지각이 요구되는 것은 아니다. 왜냐하면 우리는 많은 경우에 애매모호하게 인식된 것들을 참이라고 판단하기도 하기 때문이다."**8**

 오늘의 세계는 브랜드 분야의 권위자 데이비드 아커(David A. Aaker)의 말마따나 브랜드의 '우주(universe)'라고 할 만하다. 나이키라는 태양과 타이거 우즈, 마이클 조던과 같은 행성들이 선명한 궤도를 이루는 별들의 집합. 이제는 별 세 개가 아니라 수십 개가 되어 하나의 천체 혹은 오만한 별들의 왕국이라고도 불리는 삼성.

 브랜드는 우주일 뿐만 아니라 '인격'과 개성, 인간의 '관계'이기도 하다. '열정 브랜드(passion brand)' 현상을 꼼꼼하게 관찰한 마케팅 연구자들은, 사람들이 특정 브랜드 애호를 넘어 열정적인 계몽가, 심지어 신자가 되는 현상에 주목해 왔는데, 당연하게도 그것은 인간관계에도 영향을 미친다는 것이다.

 스타벅스에서 당신은 "무슨 놈의 커피가 별맛도 없으면서 비싸기는 더럽게 비싸네." 한마디로 비즈니스 파트너가 정떨어지게 만들 수도 있고, 한참 연하의 애인이 총총 떠나면서 남기는 날카로운 힐 소리를 들을 수 있다. 이제 밉상이 된 오랜 연인에게 이별의 전주곡을 들려

---

8 • 르네 데카르트, 원석영 옮김, 『철학의 원리』, 아카넷, 2002

주는 방법은 의외로 간단한 것이다. 상대방이 사랑하는 브랜드에 대한 세레나데를 잠자코 듣고 있다가 한마디 하면 된다. "난 별로던데."

"사람으로서의 브랜드"(데이비드 아커)는 항거할 수 없는 매력을 풍기며 나타난 새 친구나 연인을 위해 그러듯이 기꺼이 '러브 카드'를 계산대에 내밀게 할 것이다.

여기까지 나는 서평가의 기본을 망각하고 있는데, 삼천포 이정표가 나오기 전에 돌아오자.

책 『나는 왜 루이비통을 불태웠는가?』는 옛 제국의 중심부(영국)에 사는 한 청년이 어느 날 하루아침에 돌연한 회심을 통해 자신의 자아, 존재, 소우주, 제2의 피부 등을 이루고 있는 소위 명품 브랜드 제품을 모조리 불태워 버리기로 결심하고 그것을 '화형식'이라는 행동으로 옮기게 된 앞뒤 사정을 시시콜콜 써낸 일기 또는 고백록이다.

까먹기 전에 미리 언급해 둘 것은, 지은이가 자기 생각의 흐름이나 관련된 독서를 통한 정신적 편력을 드러내면서 브랜드의 개념과 역사, 기업의 마케팅 전략과 기법에 관한 유용한 이해도 보여 주고 있다는 것이다. 이른바 경제경영서의 성실한 독자들은 이 책에 대해 '한 또라이의 독백' 등등 예단을 갖지 말기를 바란다.

그런데 어인 일인가! 아무리 뜯어보아도 극단적인 회의론자는커녕 이성, 의지, 심지어 정념을 바쳐 브랜드 우주에서 살면서 자본주의의 '코기토(Cogito, ergo sum)'인, "나는 쇼핑한다, 고로 존재한다."(바버라

크루거)를 외치던 이 책의 지은이가 회심하다니! 초장부터 책 끝을 들여다보는 것은 서평가의 품위와 어울리는 일은 아니겠으나, 지은이는 책을 이렇게 끝맺는다.

"나는 IBM도 아니고 Mac도 아니고 나일 뿐이다."

무엇이 기독교 세계의 앵글로색슨 청년을 불타오르는 조로아스터의 제단 앞으로 이끌었을까. 무슨 일이 있었던 것일까.

"어느 날 아침 집에서 볼일을 보려고 화장실에 들어가 앉아 있다가 엄청난 각성의 순간을 맞이하게 되었다. 내 동거녀인 줄리엣이 좌변기 수조 뚜껑 위에 가져다 놓은 책을 무심히 집어 들었다.

그 책은 존 버거(John Berger)의 『사물을 보는 시각(Ways Of Seeing)』이라는 책인데, 어떤 물건을 사지 않으면 광고, 그리고 광고 모델들이 보여 주는 그럴듯한 삶을 살 수 없을 것이라는 불안감과 조바심을 광고가 조장한다는 내용을 읽는 순간, 그런 불안감에 지은이 자신도 그동안 속아 왔음을 깨달았다는 것이다.

나는 불안감을 야기한 독이 든 샘물을 그 불안감을 치유해 줄 약이 되는 샘물인 줄 알고 계속 퍼마셔 왔다는 사실을 깨닫게 되었다."[9]

9 • 닐 부어맨, 최기철, 윤성호 옮김, 『나는 왜 루이비통을 불태웠는가?』, 미래의창, 2007

원효를 방불케 한다. 하지만 한편으로 '바보, 그걸 이제서야 알았단 말이야!' 하는 생각도 든다. 하지만 우리는 성철 스님의 선풍도 이어받고 있는 문화권에 있으므로 지은이의 깨달음을 돈오돈수(頓悟頓修)로 너그럽게 이해하고 넘어가도록 하자.

무릇 깨달음이나 회심에는 여러 가지가 있다. 기독교 세계의 파스칼, 성 어거스틴의 회심도 있고, 전태일의 죽음을 목격한 수많은 자유주의자들의 급진적 회심도 있다. 그리고 회심에는 전사(前史)와 결정적 계기가 있기 마련이라 이성계의 회심을 설명하기 위해 여말선초의 역사를 꿸 수도 있겠지만, 이 대목에서 종종 책보다 서평이 더 어려워지는 나쁜 버릇을 불태우는 회심이 필요한 것 같다.

일찌감치 알코올 중독을 깨닫고 치료한 바 있다는 지은이는 자신이 브랜드 중독임을 깨달았으며 술을 끊듯이 브랜드를 끊겠다고 결심한다. 그리고 술을 끊을 때 집에 있던 술들을 모조리 하수구에 쏟아 버린 다음 빈 병들을 박살을 내버린 것과 같은 그런 의식, 자기가 가진 브랜드 제품의 화형식이 필요하다고 느낀다.

지은이와 동거녀 줄리엣의 대화 중에서 줄리엣의 마지막 말은 지은이의 돈오(頓悟)가 파란만장한 점수(漸修)를 동반하게 될 것임을 예고한다. 그리고 아마도 이 책을 읽는 절반의 독자가 마음속에 품게 될 말이기도 하다.

"줄리엣이 화장실 문을 노크하면서 묻는다.

'그 안에서 뭐 하고 있어?'

'응, 그냥 책 좀 보고 있어… 금방 나갈게!'

'빨리 나와. 리바이스에서 자기하고 통화하고 싶다고 바꿔 달래.'

(…)

우선 줄리엣에게 내 생각을 밝히자 그녀는 이렇게 말하였다.

'집에 있는 브랜드 제품들을 모조리 꺼내다가 부숴 버리려고 그러지, 맞지?'

'다른 방법이 없어. 나는 지금 진지해. 반드시 해결을 해야 하는 문제야.'

'좀 나아질 때까지 창고에 처박아 두는 정도로는 안 되겠어?'

'그럴 수는 없어. 뭔가 단호한 방식으로 내 뜻을 드러내 밝혀야 돼. 전부 콩가루를 만들어 버리든가 불태워 버리든가 해야겠어.'

'당신 물건들을 몽땅 태워 버리겠다구?'

(…)

'맞았어. 바로 그거야. 다 태워 버릴 거야. 마음을 굳혔어.'

그러자 줄리엣은 이렇게 응수했다.

'좋아, 닐. 당신은 당신 하고 싶은 대로 해. 그렇지만 당신 물건만 태워. 내 물건들은 털끝 하나 건드리지 마.'

중간에 잠깐, 이 로미오와 줄리엣의 결말을 엿보기로 하자. 텔레비전과 브랜드 쇼핑, 종종 브랜드 경연장으로 변하는 파티까지 끊은 두 사람,

아이를 갖게 된다."

"우리는 집에서 서로를 돌볼 시간이 넘쳐난다. 그 결과가 바로 2세다. TV가 없으면 사랑도 커진다(No TV=More sex)."[10]

한 〈조선일보〉의 서평[11]에 의하면 지은이는 "마거릿 대처 총리 밑에서 영국이 번창하던 시절", "영국 서민들이 너나없이 더 큰 집을 사고, 차를 한 대 더 뽑고, 휴가철마다 해외 패키지 관광을 즐겼"던 1980년대에 런던 교외에서 자란 중하류층 백인이다. 그런데 영국이 그렇게 번창했다는 시절을 좀 더 엄밀하게 들여다볼 필요가 있다.

노동자들의 실질임금을 억제해 기업에게 이윤 획득의 자극과 기회를 준다는 1974~1979년의 집권 노동당의 정책 기조에 영국 노동자들은 1978년의 강력한 파업 투쟁으로 맞섰다. 노동당의 실정에 힘입어 집권한 대처의 보수당은 그러나 몇 술 더 떠서 노동 보수 양당이 함께 추진해 온 복지국가를 해체하고 노사정 합의까지 깨뜨리는 자본의 일방적인 총공세를 이끌었다. 노조 추문 폭로 전술로 파업을 파괴함으로써 노동운동을 약화시키고 노동규율을 폭력적으로 다잡아 나갔고 포클랜드 사태를 억지로 전쟁으로까지 끌고 가 승리를 맛보게 함으로써

---

10 • 인터뷰 '서구 브랜드 수작에 아시아는 속고 있다', 〈동아일보〉, 2007년 11월 24일
11 • '루이비통을 불살랐다 이제 난 자유다!', 〈조선일보〉, 2007년 11월 23일

대영제국이라는 브랜드에 대한 국민들의 쇼비니즘을 선동했다.

지은이의 어린 시절부터 내면으로 파고들어 온 '브랜드'는 사실 당대의 호경기와 기계적인 인과 관계에 있다기보다는 당시 자본-노동의 역학과 변증법적인 관계를 갖고 있다고 보아야 할 것이다.

〈동아일보〉의 한 이메일 인터뷰[12]에서 잘한다 싶다가 그만 신자유주의에 대한 맹종과 다른 대안에 대한 극단적인 회의를 단적으로 드러낸 "당신처럼 브랜드를 부정하다간 세계 경제가 파탄 날 텐데?"라는 질문에 대해 지은이는 "내가 보기엔 기자가 더 극단적인 걸? 다시 말하지만 모든 브랜드를 부정하란 게 아니다. 브랜드가 우리의 삶을 지배하게 내버려 두지 말자는 소리"라고 일갈한다. 〈동아일보〉에서 〈가디언〉을 기대할 수는 없지만 우리는 지은이에게 대안과 진보의 희망을 기대한다.

"젊은이의 브랜드 열광은 보편적인 일이다. 서구 브랜드의 물건을 구매해 행복을 얻을 수 있다는 꼬드김에 젊은 층이 잘 넘어간다. 나 역시 그랬으니깐. 그러나 미국과 유럽을 보라. 물질적 부의 수준이 높지만 스트레스와 우울증의 정도도 그만큼 높다. 물론 누구나 원하는 대로 살 권리가 있다. 하지만 젊은 층을 유혹하는 그 라이프 스타일은 거대 기

---

12 • '서구 브랜드 수작에 아시아는 속고 있다', 〈동아일보〉, 2007년 11월 24일

업의 이사회가 만들어 낸 것이다. 브랜드는 돈을 쓰면 쓸수록 더 비참해지는 감옥일 뿐이다."[13]

책에서 지은이가 스스로를 '브랜드 중독자'였다고 하고 있지만, 출판사가 뽑아낸 부제인 '한 명품 중독자의 브랜드 결별기'는 함축성과 정확한 설명이라는 광고 카피 상의 두 마리 토끼를 잡으려는 어쩔 수 없는 선택이었겠지만 약간 부적절한 감이 있다.

'중독'이란 물론 피동적인 동시에 능동적인 것이다. 하지만 원칙적으로 문제의 초점과 원인을 소비자에게 전가해서는 안 된다. 자본은 대대적으로 생산하게 하여 공급하고, 마치 붕(鵬)이라는 새만큼이나 거대한 공작이 되어 화려한 깃들을 펴서 소비를 선동하고 소비자들을 '프로슈머'라고 추켜세우지만 종국에는 '과소비' 운운하면서 도덕적으로 비난할 뿐만 아니라 중독되어서는 곤란하다고 훈계한다.

하지만 아편전쟁은 소비자의 전쟁이 아니라 공급자의 전쟁이라는 것을 우리는 잊어서는 안 된다! 꼬드겨서 돈 빼앗고 몸 망가뜨리고 영혼마저 빼앗고는 훈계에 욕설까지 하지는 말라는 것이다.

프라다를 입는다고 해서 악마는 아니며, 천사라고 해서 루이비통을 벗어야 하는 것은 아니다. 문제의 초점은 그러한 시스템 속에서 '빼앗

---

13 • 닐 부어맨, 최기철, 윤성호 옮김, 『나는 왜 루이비통을 불태웠는가?』, 미래의창, 2007

기는' 계급의 문제, 몇 십 억의 사람이 오순도순 공존하며 사람답게 살기 위해서는 지배적 시스템으로서의 자본주의를 가능한 모든 이행의 구체적 장소에서 역사적으로 폐절해 나가야만 한다는 정언명령이다.

그러나 기업가들과 브랜드 마케터들에게 마지막으로 하고 싶은 고언 한마디가 있다. 이 책을 반(反)브랜드 선언으로 치부해 외면할 필요까지는 없다는 것이다. 고 정주영 회장은 경부고속도로가 주차장이 되더라도 차를 계속 팔 수 있다고 자신했다. 차티스트의 폭동부터 혁명의 시대를 통과하고서도, 프랑스 상황주의의 예리한 도전에도 흔들림 없이, 오늘날 중국의 법인사회주의 모색에 이르기까지 자본은 역사의 한 시기에서 승리하고 있다. 마케팅과 광고도 승리하고 있다.

그러나 염두에 두어야 할 것은 이제 더 이상 생산 계급과 소비자가 속아 넘어가는 당신들만의 은폐된 비밀 제작소(laboratories secret)는 이 지구상에 존재할 수 없다는 사실이다. 고객은 구전과 PR을 통해 도요타가 자본 투자 능력과 브랜드 인지도로써 렉서스를 '그림자 보증(shadow endorser)' 한다는 것을 잘 알고 있다. 그러나 인간성과 사회 정의를 저버리는 순간 그 보증은 저주의 그림자가 될 것이다. 거기에는 어떠한 신비도 구원도 없다.

아흐리만의 천사들은 낡은 세계를 불태우는 창조적인 화전(火田)을 언제까지나 지지한다. 설사 루이비통 날개옷을 입고 있다 하더라도 말이다.

12 사회주의 법인?

■■■ 쑹치(宋琦), 『법인사회주의(法人社會主義)』,
중국공산당중앙당교출판사, 2006

이 책은 중화인민공화국 랴오닝 성 선양 시
인민정부 쑹치 전 부시장이 쓴 책이다. 이런
저런 사정으로 실현하지 못한 기획 중 하나
다. 이 책의 기획안을 들고 보따리장수처럼
이 출판사 저 출판사 돌아다니면서 들은 얘기
는 딱 두 가지로 나뉜다.

하나는 그런 불그스름한 책을 출판해서 뭐 하겠느냐는 것이고 다른
하나는 중국이 무슨 사회주의 국가냐, 논의할 '깜'도 안 된다는 것이었

다. 요컨대 나로서는 그런 반응을 좌우의 무지막지한 소아병적 단말마로 받아들였다. 그런 태도들은 명백히 비판이나 지양이 아니라 배제와 차별이라고 나는 생각한다.

한국어판 출간을 협의하기 위해 서울 을지로에 있는 선양시 경제무역대표부를 방문해 근처 중식당에서 융숭한 칙사 대접을 받은 게 기억에 남는다.

쑨원[孫文]의 부인 쑹칭링[宋慶齡] 여사를 연상케 하는 중년 여성이던 경제무역대표부 대표는 처음에는 내가 한국어판 편집자로서 과연 적합한지 반신반의했다. 나는 열두 권짜리 한국어판 『홍루몽』의 주편(主編: 책임편집자)이라고 밝혔다. 내가 만나 본 한족(漢族)은 대개 남성이었고, 뭐랄까 영국인이나 미국인과는 또 다른 '제국 버르장머리'(오만방자함)를 보여 주었는데 그 중년 여성 대표는 전통 시부(詩賦)가 넘쳐나는 그 어려운 작업을 어찌 해냈느냐며 사람 좋은 미소로 전폭적인 신뢰와 지지를 보여 주는 것이었다.

그러면서 생전 처음 보는 도자기 술병에 담긴 술과 기름진 돼지고기 요리를 거푸 권했는데, 나는 소정방의 술잔을 넙죽넙죽 받아 마셨던 신라 장수는 결코 되지 말자는 부적절한 마음을 품었다. 그리고 비즈니스 '꽌시[關係]'에 성공했다는 쾌재를 부르기보다는 루이 아라공의 시구 "남자의 미래는 여자"를 마음속에 떠올렸다. 지금도 그때 경제무역대표부 대표의 호의와 후덕함이 떠올라 흐뭇하다.

이 만남에서 얼마 지나지 않아 대륙을 덮친 지진으로 지은이는 물론이고 경제무역대표부 대표, 다리를 놓아 준 조선족 에이전트는 급거 귀국했는지 일체의 연락이 끊어졌고 한국어판 기획안도 따라서 묻히고 말았다.

책 내용을 요약하면 이렇다.

1992년 10월 중국공산당 전체회의는 종전의 계획적 상품경제를 사회주의 시장경제로 대체할 것을 공표했다. 계획적 상품경제는 계획과 시장을 결합해 국유기업은 계획으로 통제하고 비국유기업은 시장의 지배하에 둔다는 취지였다. 그러나 전반적인 고도성장에도 불구하고 국유기업의 효율과 성장의 발목을 잡는 여러 가지 문제점이 발견되었다. 이 과정에서 법인사회주의의 이론적 실천적 필요성이 대두되었다.

요컨대 법인사회주의란 주식회사가 소유권의 공공적 성격을 유지하면서 과거 국가 소유하의 관료적 운영의 폐단을 극복하는 동시에 자본주의적 사유화를 방지함으로써 사회주의 정치 제도의 경제적 기초인 공유제를 지켜 나가고자 한다는 것이다.

지은이는 시진핑 주석과 마찬가지로 문화대혁명 때 하방되어 낮에는 똥지게를 지고 밤에는 마르크스와 마오를 읽었던 지식인 관료로 드물게 일본에 경제학 유학을 한 바 있다.

"열일곱 살이었던 나는 당의 부름에 따라 선양에서 멀리 떨어진 랴

오닝 성 북부에 지식청년으로 파견되었다. 7년 동안 나는 젊음의 뜨거운 패기로 낮에는 열심히 농사일을 하고 저녁에는 초가집의 흔들리는 석유등 아래 몇 권 안 되는 마르크스, 레닌, 마오쩌둥의 저작을 읽으며 보냈다. 출신 성분이 그다지 좋지 않던 나에겐 도시에서 노동자가 되고 군에 입대할 자격마저도 없었지만 나는 지성이면 감천이라는 말을 실천에 옮겨 마침내 공산당원이 되었고 생산대대 당 지부 서기까지 되어 3,000여 빈하중농을 통솔할 수 있게 되었다. 그리고 훗날 당 관료가 되어 개혁과 혁신을 실시했다."[14]

막가는 버펄로 트럼프는 오늘 중국 도자기 가게에서 날뛰고 있다. 샤오캉[小康] 사회를 거쳐 사회주의 조화 사회를 발전 목표로 선포한 시진핑 지도부에겐 큰 도전이자 시련이다. 중국은 그간의 발전 과정에서 몇 가지 모순을 노정했다. 이는 고 정운영 선생과 후안강(胡鞍鋼) 칭화대 교수의 대담(2001년 9월 5일)에서도 잘 드러난다.

후안강 교수는 중국에는 네 개의 세계, 네 개의 사회가 있다고 했다. 제1세계는 고소득의 인구 2%, 제2세계는 중등 수입의 20%, 제3세계는 하등 수입을 올리는 22%의 인구, 제4세계는 최저 수입으로 살아가는 50%의 인구이며 그리고 인구의 50%를 차지하는 농업 사회, 22%인

14 • 쑹치(宋琦), 『법인사회주의(法人社會主義)』, 중국공산당중앙당교출판사, 2006

공업 사회, 23%의 전통적 서비스업 사회, 5%의 지식사회로 이루어졌다는 것이다.

이러한 중국의 모순은 심화되어 왔다고 봐야 할 것이다. 여기에 중국 지도부의 깊은 고민이 자리 잡고 있다. 물론 이러한 모순 해결을 위한 인민과 지도부, 지식인들의 투쟁도 치열했다.

지은이의 후기에는 지은이의 역정과 이 책을 쓰게 된 동기, 배경, 골자가 모두 들어 있다.

"중국에서 20세기 50년대에 태어난 사람으로서 개인의 운명은 늘 국가의 흥망과 밀접히 연관되어 있었다. 20세기 60년대는 공화국이 생기발랄하고 투지가 앙양된 연대였다.

나는 사회주의 공유제 실현의 형식과 이론을 기초로 중국의 공유제 현실과 형식에 대한 이론적인 탐색을 진행하였는데 이러한 탐색의 이론적인 의의는 전면적으로, 그리고 과학적으로 법인사회주의 기업 제도의 이론적 기초를 제시하고 법인사회주의의 필요성, 현실성과 가능성을 논술하고 해석했으며 그에 따른 실천적 의의는 중국에 부합하는 공유주식제를 주도적 위치에 놓음으로 법인이 독립적인 경영을 할 수 있어 국유기업의 효율성이 보편적으로 낮은 폐단을 극복하면서 자본주의의 노동 생산 효율을 초과하고, 사회주의 체제를 고수하며 조화로운 사회를 건설할 수 있는 것이다.

공유제는 사회주의 정치 제도가 존재할 수 있는 경제적 기초이고, 사회주의 시장경제가 자본주의 시장경제와 차별화되는 근본적인 상징이며, 양극 분화를 소멸하고 최종적으로 공동 부유를 실현하는 가장 근본적인 제도 보장이다. 따라서 공유제 경제의 주체적 위치를 확고히 하고 발전하는 데 대한 보장은 우리나라의 장래와 운명을 좌지우지하는 가장 중요한 문제이다. 공유제가 일단 기본 경제 제도 중에서의 주체적 위치를 상실한다면 필연코 국민경제가 사유제 경제의 제약을 받아 자본주의의 기로로 밀려가게 될 것이다. 이론과 실천에서 모두 표명하듯이 공유제의 효과적인 현실과 형식을 탐색하는 것은 공유제의 주체적 위치와 국유경제 중에서의 주도적 역할을 계속하기 위한 필연적 선택이며, 현재, 나아가서는 향후 일정한 기간 동안 국유기업 개혁의 주요 임무이기도 하다."[15]

---

15 · 쑹치(宋琦), 위의 책

13 삼각산 아래 볼 빨간 꿈

조설근, 고악, 김광렬, 안의운 옮김, 대돈방 그림,
『홍루몽』(전12권), 청계, 2007
"『홍루몽』은 적어도 다섯 번은 읽어야 그 진수를 알게 된다."
 – 마오쩌둥

　서울 은평구 불광동. 멍이 들고 흉이 진 영혼인 채 낯선 동네로 이사했다. 하늘엔 점성학(Astrology)에서 말하는 운명성이 궤도를 거꾸로 돌았다. 사람들은 멀어져 갔다. 고맙게도 나무가 바람에게 소식을 전하고 바람이 숲을 가로질러 내 삶의 벗들에게 편지를 전해 주었다.

　사람들이 하나둘 돌아왔다. 손을 놓았던 책 만드는 일도 다시 하게 되었다. 열두 권짜리 『홍루몽』을 만들었다. 행복했다. 눈앞 사막의 글자 모래알들이 머리 위 총총한 별로 하늘 오름 했다. 디자이너, 마케터

등 외주 팀 동료들도 모두 혼자 살았기 때문에 일 때문에 우리 동네로 옮아왔다. 피붙이 같았다. 즐거웠다. 재밌었다.

그리고 어쩌다 보니 출판 종사자들을 알음알이로 사귀게 되어 술도 무지 많이 마시고 어울렸다. 누군가의 제안으로 '은평출판인협의회'를 만들자고 의기투합했다. 그리고 홈피도 만들자고 했다. 나는 홈피 대문 플래시를 만들어 보겠노라 했다. 내 아이디어는 이랬다. 은평출판인협의회 글자가 뜨고 '출'자의 위 뚜껑이 날아가 버린다. 그럼 '출판'이 순식간에 '술판'으로 바뀐다. 은평술판인협의회. 이루어지진 않았지만 거기서 『홍루몽』 한국어판 전12권이 만들어진 셈이다. 아, 그리운 동무들.

하지만 이 세상 어느 누군들 누구 곁에 영원히 있을 수 있을까. 동료 중 한 사람은 결혼을 해서 다른 도시로 떠났다. 또 한 사람의 동료도 다른 도시로 떠났다. 그렇게 따뜻하고 빠알간 꿈의 한동네 한 시절이 마감되었다. 사람은 오고 또 떠난다. 그리운 길동무들아, 소풍 오라, 나도 소풍 갈게. 우리 모두 서툰 꼬마처럼 풍선을 놓치면 또 어떠랴. 아득하게 멀어져 점이 되어 가는 모습 흐뭇한 입술 모양과 그렁그렁한 것 감추려 가늘게 뜬 눈으로 하염없이 바라보면 되는 거다.

옮긴이들은 『홍루몽』 번역에서 제일 어려운 일이 시 번역이었다고 말한다. 『홍루몽』에는 많은 시사(詩詞)와 곡부(曲賦)가 삽입되어 있다.

이 시의 교열 교정과 편집 역시 지난한 일이었다.

『홍루몽』 번역과 마찬가지로 편집의 전 과정은 실로 어렵고 따분하기까지 한 작업이었고 상당한 인내력을 필요로 했다. 하지만 남북의 토박이말, 북한의 평양문화어, 현대 한국어가 버무려진, 명실공히 남북 인민이 '단일' 판본으로 읽는 책을 만들었다는 자부심을 가질 수 있었다. 이 판본은 평양 인민문화궁전과 김일성종합대학교 도서관에서 대출 빈도가 매우 높은 판본과 같은 것이다.

花謝花飛花滿天 꽃이 져 우수수 하늘 가득 흩날릴 때
紅消香斷有誰憐 빛깔 잃고 향기 멎은들 그 누가 슬퍼하랴
游絲軟繫飄春榭 실버들 하늘하늘 난간 새에 나부끼고
落絮輕沾撲繡簾 버들꽃솜 몽실몽실 비단 발에 서려 붙네
閨中女兒惜春暮 규중의 아가씨는 가는 봄이 안타까워
愁緒滿懷無釋處 가슴속에 서린 시름 풀 길이 없네
手把花鋤出繡簾 꽃갈퀴 손에 들고 뜰을 나섰건만
忍踏落花來復去 떨어진 꽃잎 밟을까 서성거리네[16]

---

16 • 홍루몽 제27회 「설보채는 적취정에서 범나비를 희롱하고 임대옥은 꽃무덤에서 지는 꽃을 슬퍼하다」 중에서

처음에 책임편집을 맡았을 때 솔직히 자만심이 있었다. 나름대로 갈 고닦은 현대 한국어 교열 교정 역량을 십분 발휘하리라, 하는 의욕과 결합된 자만심이긴 했다. 하지만 일이 진척될수록 이런 자만심은 조금씩 허물어졌다.

조선족 번역가 선생들의 역량과 그들이 구사하는 우리 토박이말, 평양문화어와 현대 한국어는 감탄할 만큼 수준과 격조가 높았다. 그야말로 나는 거기다 빨강 플러스펜 한 자루랑 숟가락만 놓았을 뿐이다.

14 초희는 말을 달려 어디로 갔을까?

허초희(許楚姬), 「蘭雪軒詩集」, 한국문집총간 제67집,
한국고전번역원, 韓國學綜合DB db.mkstudy.com

　지금은 양성평등의 기치 아래 혁파되었지만 실은 남자만이 사람이
라는 속뜻을 담고 있는 '호모 사피엔스'와 마찬가지로 '여류(女流)'라는
보수반동적 형용의 먼 상류 어디쯤엔가 자리 잡고 있는 것으로 인식되
던 시인 허난설헌(許蘭雪軒)은 그러나 성리학 유일사상 체제의 전일적
지배 밑에서 도가적 인간 해방의 혁명을 꿈꾸었던 인문(人文) 전사다.
그의 해방적 사상은 여성 해방이라는 까마득한 후대의 생각마저 일찌
감치 훌쩍 뛰어넘었다. 아니, 그러한 사상 조류의 스펙트럼에서 가장
선명하고 짙은 색깔 띠를 이루고 있다.

少年行

少年重然諾 청년의 약속은 엄중한 것

結交遊俠人 협객과 더불어 어울린다

腰間玉轆轤 도르래 허리께엔 옥이 달려 있다

錦袍雙麒麟 저고리에 달린 쌍 호박 단추처럼

朝辭明光宮 아침에는 광명궁을 말하지만

馳馬長樂坂 말 타고 오래 달리면 즐거움의 땅도 반대

沽得渭城酒 마음은 위하강의 물을 길어 술을 담그지만

花間日將晚 꽃 틈에서 해는 저문다

金鞭宿倡家 황금 채찍질에 객잔에 머물지만

行樂爭留連 나그네들은 계속 머물고자 다툰다

誰憐揚子雲 누가 양자운을 가련하다 하는가

閉門草太玄 닫힌 문에 난 풀이 태현이다[17]

첫 행부터 난설헌의 인간에 대한 해방적 정의가 드러난다.

인간의 본질은 무엇인가? 자유인이라는 것이다. 그러므로 인간, 그
것도 청년의 약속이라는 것은 수신과 명철보신의 유가적 약속이라기
보다는 자유인으로서 자기 자신과의 약속, 더욱이 '나'에만 그치는 것

---

17 • 허난설헌, 홍대욱 옮김, 「소년행」

이 아니라 타인과의 연대에서도 실천되는 자유의 약속으로 읽어야 옳지 않을까. 이것은 『공산당선언』에 내포된 '자유로운 인간들의 연대 또는 연합'이라는 사회학적 개념과도 일맥상통하는 것은 아닐까.

마지막 행의 "닫힌 문에 난 풀"은 박노해 시인의 '강철 새잎'과 같은 것이다. 난설헌 선생은 그것을 "태현"이라고 한다. 이 시를 문자 그대로 읽으면 문을 닫아걸고 태현경의 원고 초안이나 적고 있는 모양새지만 이는 명백한 오독이다. 『태현경(太玄經)』이 무엇인가? 여러 해석이 있으나 『주역』에 버금가는 해방과 혁명의 텍스트다. '태현(太玄)'이란 무엇인가? 유가의 '태극'에 대응하는 '궁극의 근본'이기도 하지만 만물의 변증법적 도약의 씨앗으로서 세계 변혁의 엔진이자 '래디컬'의 핵심이다.

서두에서부터 자유인 선언으로 포문을 연 천재 시인은 이윽고 위대한 탈주선 위에 선다. 젊은이는 협객과 사귀고 연대한다. 협객과 어울리는 것, 또는 협객이 되는 것은 젊음의 속성이자 권리다. 여기서 난설헌 선생은 두 가지 방향의 '협(俠)'을 상정한다. 그 하나는 뒤의 행에서 간접적으로 암시·비판하고 있는 사대부 남편과 가부장 사회의 음풍농월, 오늘의 재벌 2세나 인기 연예인 뺨치는 사대부 양아치들의 술 마시고 기방이나 드나들고 사고나 치는 '협(俠)' 말이다. 그러나 젊은이에게 바람직한 것은 의협(義俠)이다.

이 바다 물결은 예부터 높다

그렇지만 우리 청년들은 두려움보다 용기가 앞섰다

산불이 어린 사슴들을 거친 들로 내몰은 게다[18]

이럴진대 "여보 당신은 대체 뭘 하는 거요?" 하는 선생의 목소리가 들린다.

또 하나의 '협'은 선생 자신이길 원하는, 선생이 상상하고 꿈꾸는 협객이다. 이건 몹시 무리한 견강부회겠지만 협객의 길을 그린 동생 균의 『홍길동전』은 선생의 세계관 또는 정신적 영향력이 작동한 작품이 아닐까 추측해 본다. 그리고 선생은 자신이 선택한 남자와 한평생 살아가는 것이 진정한 행복임을 선언한다. 아니면 강요된 결혼 생활로 불행한 나날을 보낸다 해도 하루를 살아도 자신의 의지에 따라 살아가는 것이 삶의 진정한 가치라는 메시지를 보낸다.

그리고 상상의 탈주다. 선생은 협객인 남자 친구와 말에 올라 그의 허리께를 감싸 안고 어디론가 떠난다. 허리에 옥 장식은 놀러나 다니는 사대부 남성의 복장에 대한 묘사이자 선생이 힘껏 붙드는 상상 속 협객의 허리 장식의 상징이다. 진정한 협객을 찾아보기 힘든 오늘, 협객에 대한 연민만 나부끼는 오늘, 그의 시는 허공에 메아리친다.

18 • 임화, 「현해탄」

그러나 인생이란 달콤함만 있는 것이 아니다. 언제나 그 이면이 기다리고 있다. 주나라 문왕이 위하강 북쪽 산자락에서 『주역』의 단사를 붙인 것처럼 자신의 웅지를 펼치기에는 세상의 때가 맞지 않을지라도 자신이 선택한 삶의 가치는 자신만이 간직한 그 어떤 것에 의지해 삶의 역량을 키워 나가라고 힘주어 말하고 있는 것 같다. 우리가 자신의 그와 같은 역량을 곧잘 망각할지라도 말이다.

상상 속에서나마 이와 같은 일탈과 규방으로부터의 해방은 같은 시대 기방에 갇혀 억압된 기녀가 꿈꾸는 해방과 양상은 달라도 방향은 일치하는 것이다.

人疑儂輩媒 남들은 우리더러 '나가요'라지만
儂輩實自貞 우리 자신, 실은 순결하거든.
逐日稱坐中 날마다 술자리
明燭度五更 불 밝히고 날밤 깐다.[19]

언뜻 보면 지배 장치에 붙잡힌 주체의 신세 한탄, 현실태의 노동이 감당해 내야 하는 밤샘 술을 그린 것만 같지만 조르조 아감벤의 개념으로 '목적 없는 수단'을 힘겹게 밀어붙이는 생명 신호(vital signs)로 읽

---

19 • 이옥(李鈺), 「이언(俚諺)」'탕조(宕調)' 중(홍대욱 옮김)

힌다. 세상이 술에 취해 있다. 우리라고 어찌 취하지 않을 것인가. 성인(聖人)의 가르침을 이어받았다는 사대부 네놈들이 하면 풍류고 인민이 하면 주정이다. 사대부의 오입은 권리고 인민의 섹스는 악이다…. 하지만 우리는 웃음을 팔지 않고 무표정하게 술이나 따르는 식으로는 저항하지 않겠다. 우리도 술과 안주를 누리고 놀겠다….

실존적·사회적 성감대를 상징하는 협객의 허리를 붙들고 선생이 말을 타고 달려가는 곳은 혁명적 이상향이다. 「유선사(遊仙詞)」는 그 역동적 상상이자 서사다. 이 작품을 선계에서 노니는 경지를 그린 시라는 해석은 오독이라 할 것이다.

> 催呼謄六出天關 눈의 신을 만나 부탁하고 하늘 문을 나와
> 脚踏風龍徹骨寒 땅에 발을 디디니 바람의 신이 뼈를 뚫는 세찬 바람을
> 몰아치누나
> 袖裏玉塵三百斛 소매에서 옥가루를 뿌려
> 散爲飛雪落人間 펄펄 나리는 눈이 되어 인간 세상을 덮는구나.[20]

16세기 말, 임진왜란 직전에 신분제도가 굳어져 특히 여성의 배제와 차별이 극심한 시대에 나서 불행한 혼인 생활을 겪고, 선조 16년 계미

---

20 • 홍대욱 옮김, 「유선사(遊仙詞)」 87수 중 제27수

삼찬(癸未三竄)에 연루되어 가장 아끼는 오빠 허봉이 유배되었다 객사하는 충격과 슬픔을 겪어야 했던 선생 말년의 작품이다. 그런 만큼 여러 사람이 '현실도피'적인 성향의 작품이라고 보지만 단지 거기에 그치는 것은 아니다.

선생이 받아들인 도가 사상은 지배 체제와 이데올로기에 의한 피억압 사상이었으므로 그에 따라「유선사」는 저항적 해방적 시편의 성격을 가진다. 하늘과 땅, 동물과 식물, 인간과 자연, 여성과 남성이 더불어 살아가는 우주적이고 해방적인 세계, 반짝이는 별들과 대화를 나누며 끝없이 넓은 세상을 생기발랄하고 지혜롭게 살아가는 이상 세계에 대한 눈물겨운 희구.

칠언절구, 총 87수, 2,436자의 대작이다. 선생을 절망케 한 것은 현실의 '한(恨)'이고 그 대안은 '선(仙)'이다.「유선사」는 현실에서 이루지 못하는 꿈을 선녀가 되어 선계(仙界)에서 이루는 것이다. 현실에서 만날 수 없는 상상적인 여러 신선들과 옥황상제며 서왕모(西王母)뿐만 아니라 이상적인 임금 목왕(穆王)이나 무제(武帝)도 만나고, 도사(道士) 소모군(小茅君)도 만난다. 시인 이하(李賀)를 만나고 양귀비(楊貴妃), 동방삭(東方朔), 그리운 3형제와 사랑하는 아들딸도 만난다. 그러다 어느덧 인간 세상의 1만 년이 지나가 버린 것을 깨닫고 꿈에서 깨어난 듯이 아쉬워하면서 끝을 맺는다.

"여섯 폭 비단치마를 안개에 끌면서

완랑(阮郎) 불러 향기로운 땅으로 올라가네

피리 소리 홀연히 꽃 사이에 스러지니

그 사이 인간 세상에서 일만 년이 흘렀구나"

"꽃에서 멀어진 지 천 년"

―「유선사」 중에서

15 그녀의 견고한 고독

에밀리 디킨슨 시전집
Thomas H. Johnson(ed.), 「The Complete Poems of Emily Dickinson」,
Little, Brown and Company, 1960.

'견고한 고독'은 그야말로 고독과 커피의 시인 김현승 선생의 시어
다. 동네 커피집 이디야에 앉아 조앤 롤링 '코스프레'를 했다. 난설헌
선생의 고독을 곱씹다 보니 자연스레 에밀리 디킨슨을 초혼하고 커피
를 홀짝이다가 김현승 선생을 초혼한다.

에밀리 디킨슨. 오랫동안 읽어 온 시인이다. 오랫동안 참고 묵힌 그
에 대한 글이다. 먼저 그가 여성임을 까맣게 잊기로 하자. 그는 시인
이다. 그저 시인인 것이다. 그'도' 시인인 것이 아니라 그'는' 시인이다.

그가 흰옷을 즐겨 입었다든지 하는 따위도 잊자. 그의 외로움은 남겨 두기로 하자. 그의 해방적 성격, 존재의 함성은 그의 고독의 심연에서 유래한 것이므로.

모든 하늘이 하나의 종이 되었고,
존재는 하나의 귀가 되었고
나와, 침묵은 어느 이방의 종족이 되어
여기서, 외로이, 난파되었다네-

그런 다음 이성의 널빤지가 부서졌고,
나는 아래로, 또 아래로, 떨어지며
사방으로 곤두박질치며 별 세계와 부딪쳤고,
그제서야- 마침내 무엇인지 알게 되면서 끝이 났다
- 윤명옥 옮김, 280 「나는 내 두뇌에 장례를 느꼈네」

시계가 멈췄다네-
벽난로 위의 시계는 아니라네-
제네바의 최상의 기술도
이제 막 꼼짝 않고 매달려 있는-
저 꼭두각시에게 절을 시킬 수는 없다네-

(중략)

의사도 깨우지 못하리라–

이 눈 같은 진자의 잠을

시계공이 졸라대도–

그저 냉정하게– 무심하게 거절할 뿐–

도금한 시계 침들의 끄덕거림–

가냘픈 시계 초침들의 끄덕거림–

돌아가던 시계의 생명과–

죽음의 신 사이에–

존재하던 수십 년의 오만

– 윤명옥 옮김, 287 「시계가 멈췄다네」

그 늙은 산들은 얼마나 황혼으로 쓰러지는가

침엽수는 얼마나 불타오르며–

마법의 태양으로

어두운 풀숲은 얼마나 재에 덮이는가–

– 강은교 옮김, 「그 늙은 산들은 얼마나」

신의 세기와 근대의 사생아가 과거의 종언을 선언하고 근대인의 도

래를 희구하고 환영하는 것이 아니라 닥쳐오는 새 문명과 그 미래의
파국을 예언하는 엄청난 파천황의 에너지를 콸콸 쏟아내고 있다. 그래
서 에밀리 디킨슨은 해방적이다.

2

또 다른 하늘,
고요하고 공평하기조차 한
그리고 또 다른 햇빛
비록 어둠이 될지라도
사라진 숲은 내버려둬, 오스틴
고요한 들도 내버려두란 말야
여기 작은 숲
누구의 잎새가 늘 푸를까
바로 여기가 밝은 정원
서리라곤 없던 곳
그 꺼지지 않는 꽃들 속에
나는 쾌활한 벌들이 웅웅거리는 소리를 들었네
나의 남동생 프라이시,
나의 정원 안으로 오렴

― 홍대욱 옮김, 『The Complete Poems of Emily Dickinson』(1960) 일련번호

2번의 시

4

경이로운 바다

이보게 조타수

고요히 저어가게

  – 홍대욱 옮김, 『The Complete Poems of Emily Dickinson』(1960) 일

    련번호 4번의 시

그대, 해안을 나는 아네

아무도 훼방할 수 없는–

풍랑은 어디 머무는가

평화로운 서쪽에서

가게는 대부분 문을 닫았고–

배는 닻도 내리지 않고 그냥 지나쳐 가네

내가 그대를 움직이려네

오! 대지여 영원하길

마침내 나는 해변에 닿았노라

  – 홍대욱 옮김, 『The Complete Poems of Emily Dickinson』(1960) 일련번호

    6번의 시

완강하고 무시무시한 그의 고독에 닿을 길은 없으며 누구도 그의 고독에 발을 들여놓을 수 없다. 대개 이런 마음의 빗장은 자폐라고 불렸다. 그런데 가족일 수도 있는 누군가를 부르고 초대한다. 초대된 이들은 그러나 저 고요한 들판을 그냥 내버려 두듯이 설령 숲이 사라진다 해도 내버려 두듯이 그의 정원에서도 무엇이든 내버려 두고 숨죽이지 않으면 안 된다.

독선이기 때문만은 아니다. 벌이 웅웅댈 뿐 고요한 정적과 평화를 지키고 싶기 때문이다 그가 내면에서 한 발짝만 나서도 바다가 보이지만 그 바다조차 가만가만 노 저어 가지 않으면 안 된다. 하물며 증기기관이나 터빈이랴. 이런 봉쇄는 신경증일까. 신경증일 수도 있지만 모더니티에 대한 방어이자 그 재앙에 대한 경고, 항거로 볼 수도 있다.

그럼 해방의 지점은 어디에 있을까. 마음을 개항한다 해도 수동과 피동이 아니라 바로 내가 영혼의 조타수가 되어야 한다는 것! 그러기 전에는 어떤 모더니티의 선신도 악령도 구축하고 박멸하지 않으면 안 된다. 나는 가끔 작은 동네라 할지라도 아름다운 풍광을 보고 있노라면 어떤 희생을 치르더라도, 이 풍경과 평화에 대한 어떤 침략자라 할지라도 단 한 놈도 살려 보내지 않겠노라고 마음을 다지곤 한다. 그래서 에밀리 디킨슨은 해방적이다.

그의 종족은 주로 정복자였고 억압자였던 앵글로색슨이었지만 그는 심원하고 광활한 고독의 어마어마한 힘을 가진 존재의 함성으로 온갖 소수자, 피억압자들과 내면의 연대를 구축한다.

말년의 루카치는 스탈린주의자들에 의해 해변의 깎아지른 성에 유폐되어 "카프카도 리얼리스트"라고 했다고 한다.

나는 이제 말한다. 에밀리 디킨슨도 리얼리스트라고.

[뱀발]

에밀리 디킨슨의 시를 옮기면서 김정환 선생의 고투와 고독을 이해하게 되었다. 선생은 『실비아 플라스 전집』의 한국어판도 약속한 바 있는데, 얼마나 뼈를 깎을지 걱정이 된다. 김정환 선생은 문학동네 시전집 시리즈를 펴내면서 엉터리 번역이 너무 한심하고 화가 나서 자신이 몽땅 다시 번역하기로 마음먹었노라고 밝혔는데, 나는 에밀리 디킨슨의 작품에 있어서 그런 마음은 전혀 없었다는 것을 밝혀 둔다. 도리어 선생이 뒤에 나의 번역에 화가 나서 죄다 다시 번역하겠다고 나서길 슬며시 고대한다. 그럴 경우 나는 선생에게 짐을 지우는 게 될까 아니면 즐거움을 선사하는 게 될까가 고민이다.

16 고향에서 쫓겨난 예언자

아이작 도이처, 트로츠키 전기 3부작
1 『트로츠키 1879~1921 무장한 예언자』(신홍범 옮김)
2 『트로츠키 1921~1929 비무장의 예언자』(현지영 옮김)
3 『트로츠키 1929~1940 추방된 예언자』(이주명 옮김)

이 책과 관련한 가장 오래된 기억은 대학생
일 때, 황지우 선생이 교수한 〈프랑스현대철
학〉 시간에 발제를 했을 때이다. 프랑스현대
철학 시간에 웬 트로츠키냐는 의문이 들 법한
데, 프랑스 사상가들 중에도 트로츠키주의자들이 많아서는 아니었다.

나는 발제에서 철학자 알튀세르가 가진 서구 마르크스주의에서 위
상, 특히 레닌주의와 길항 따위를 다루었다. 발제의 인용문 중에, 기억

이 완벽하진 않지만 "전위당이 인민대중을 대표하게 될 것이다. 이윽고 중앙위원회가 당을 대표하게 될 것이다. 그리고 곧 한 사람의 독재자가 중앙위원회를 대표하게 될 것이다. 그 독재자는 이미 날개를 펴고 있었다."는 것이 었다. 이는 스탈린의 등장에 대한 이 책의 한 구절이다.

트로츠키에 대해 논하면 반드시 레닌과의 관계 따위가 궁금해질 텐데 다음의 인용은 그 의문과 관련해 적잖은 시사를 준다.

"그리고 꿈에 집착하는 이들과 권력에 집착하는 이들 사이에 깊은 간극이 생겨났다.

이 간극은 경계가 명확하지 않다. 꿈과 권력은 서로 분리될 수 없는 측면이 다소 있기 때문이다. 꿈에 매달리는 이들은 그런 권력기구를 결코 파괴하고 싶지 않았다. 스스로를 권력과 동일시하는 꿈을 완전히 포기하려 하지 않았다.

레닌은 논란의 여지가 없는 당의 지도자였다. 그는 최후의 몇 주에 걸쳐 약자에 대한 강자의 탄압에 충분히 저항하지 않았던 점에 대해 스스로 죄의식을 갖게 되어 자기의 오류를 고백했고 마지막 힘을 다해 과도하게 중앙집권화된 권력기구에 타격을 가해 보려고 했다. 그가 혁명의 목적을 상기시킨 것은 그 자체의 의미에서였고 혁명에 대한 깊고 사심 없으며 회한에 가득 찬 헌신의 정신에서였다. 그리고 마침내 임종을 앞두고 불타는 정신으로 육중한 장애물에 가로막힌 혁명을 구해 내고자 했을 때 그가 자기의 동맹자가 되어 주기를 바라며 눈길을 보낸 대상은 트로츠키였다."**21**

이 책 1권 마지막 페이지에는 다 읽은 날짜가 적혀 있다. 1985년 7월 2일.

30년 만에 2권을 손에 잡았다. 나의 경우에 다 읽은 날짜를 적는 일이 드문 까닭이야 그 책을 다 읽지 못해서인데, 이 책은 그야말로 시종일관 심혼을 다해 읽고 당당하게 다 읽은 날을 기록해 놓은 것이다. 읽고 난 후기를 책에다 적어 놓았는데 그건 이렇다. "혁명의 깃발에 대한 보호의 열정! 언제든지 혁명을 분쇄할 준비가 되어 있으며 도처에서 실제로 그렇게 행동하고 있는 제국주의가 입을 모아 강조하는 '혁명의 변질'과 거기 연결된 메카시즘 (분쇄!!)"

하얗게 수정액으로 지운 부분은 기억이 흐릿한데 애써 상기해 보니 아마도 프랑스 신철학파 베르나르 앙리 레비(『인간의 얼굴을 한 야만』)의 '반공철학'을 원색적으로 욕했던 내용인 것 같다. 스스로 볼 때 표현이 좀 치졸하게 과격해 지운 모양이다.

21 • 아이작 도이처, 한지영 옮김, 『비무장의 예언자 트로츠키 1921–1929』, 시대의창, 2017, 112쪽

이 명저를 읽게 된 계기는 첫째 일본 전공투 운동 책을 읽다가 일본 공산당이 학생운동 세력을 극좌 트로츠키스트라고 비난한 이유가 대체 무엇이었는가 하는 궁금증을 토로츠키의 생애와 트로츠키주의의 내용에 대한 관심으로 확대 증폭했기 때문이고, 둘째는 "예언자는 고향에서 환영받지 못한다."는 칼릴 지브란의 시구와 맞아떨어져 강력한 매력과 흡인력을 가진 제목 때문이었다. 신홍범 선생이 옮겼다는 믿음직함도 이유 중 하나다.

이 기념비적인 명저와 더불어 내친김에 트로츠키 불멸의 역저인『러시아혁명사』까지 내달려 봄직하다. 모두 '볼륨 압박'이 장난이 아니지만 충분히 감수할 의미와 가치가 차고도 넘치는 걸작이다. 다음의 인용은 트로츠키『러시아혁명사』의 결론이다.

"혁명이 시작된 지 15년이 지난 지금도 러시아는 결코 보편적 복지의 왕국이 아니다. 이 사실에 의해 혁명의 적들은 매우 만족스러워한다. 그러나 이 주장은 맹목적인 적대감 때문이 아니라면 사회주의 마술에 대한 지나친 숭배 때문에 빚어진 현상이다. 자본주의가 과학과 기술을 절정으로 올려놓아 인류를 전쟁과 위기의 지옥으로 떨어뜨리는 데 100년이 걸렸다. 그런데 혁명의 적들은 사회주의에 고작 15년이란 시간을 주고는 지상낙원을 건설하라고 한다. 우리는 그렇게 하겠다고 말한 적이 없다. 우리는 결코 그런 날짜를 정하지 않는다. 거대한 변화의 과정은 여기에 상응하는 시간의 규모로 측정되어야 한다.

　그러나 혁명은 살아 있는 인간들을 불행으로 압도하지 않았는가? 내전의 결과 발생한 온갖 유혈 사태는 어찌할 것인가? 혁명의 부정적 결과들이 일반적으로 혁명을 정당화시킬 수 있는가? 이 문제 제기는 목적론적이기 때문에 소득이 없다.

　이렇게 묻는 것이 더 나을 것이다. '태어나는 것이 가치 있는 일인가?' 그러나 지금까지 이 질문에 대해 생각하며 우울해하면서도 사람들은 애를 낳았으며 새 생명은 태어났다. 도저히 참을 수 없는 고통이 난무하는 이 시대에도 지구상 인구의 극히 적은 비율만이 자살한다. 사람들은 혁명을 통해 참을 수 없는 난관을 헤쳐 나갈 길을 찾고 있다."[22]

22 · 레온 트로츠키, 볼셰비키그룹 옮김, 「러시아혁명사」, 아고라, 2017, 1009~1010쪽

17 흡혈귀에게 목을 물리고 싶었다

팀 파워즈(Timothy Thomas Powers),
『The Stress of Her Regard』
한국어판 김민혜 옮김, 『라미아가 보고 있다』,
열린책들, 2009

팀 파워즈는 로저 젤라즈니와 더불어 내가
좋아하는 과학소설/환상소설 작가 중 한 사람
이다. 『The Stress of Her Regard』는 과학소
설 및 환상소설의 기획자이자 번역가인 김상
훈 선생의 소개로 알게 된 책이다.

대개 한 작가의 마니아라면 그의 거의 모든 작품에 대한 집요한 장서
가, 독자, 그리고 열광적인 탐구자가 되기 마련이지만 나는 유독 『The

Stress of Her Regard』만을 붙들었다. 우리말 번역본을 고대하다 지쳐서 답답한 마음에 썩 신통하지 않은 실력으로 원서에 도전했었다. 영어가 짧아 긴가민가하다가 열린책들에서 한국어판이 나왔을 때 어찌나 반갑던지 사흘 동안 꼬박 뚫어져라 들여다봤다. 무슨 셰익스피어도 아니고 몇몇 대목은 거의 외울 정도였다.

누구에게나 어떤 책과 정신적 편력의 독특한 교집합이 있겠지만 바이런, 셸리, 키츠 등 영국 낭만주의 시인들, 그리고 헤겔, 포이어바흐를 지나 청년 마르크스로 가는 길에 하이네를 통과하는 여로에서 『프랑켄슈타인』과 『드라큘라』를 거쳐 『The Stress of Her Regard』에 이르렀다.

옛 러시아인들이 기독교를 받아들이게 된 데는 정말 신이 강림한 것처럼 느껴지는 장엄한 미사와 성가의 미학이 한몫 단단히 했다고 했던가. 스펀지 같은 마음을 가진 시인 지망생은 과학소설과 환상소설이 보여 주는 장르 특유의 본령보다는 "새벽이 벌에 쏘인 처녀의 허벅지처럼 밝아 왔다."[23]는 등의 레토릭과 먼저 만났고, 매혹되었다. 팀 파워즈도 다르지 않다.

위키백과사전에 의하면 파워즈의 "작품에서 나타나는 가장 두드러지는 특징은 '숨겨진 역사'라는 장치를 쓴다는 것이다. 그는 실제로 일

---

23 • 로저 젤라즈니, 『신들의 사회』

어나서 역사에 기록된 사실을 다루면서도, 오컬트나 초자연적 요소가 등장인물의 동기와 행동에 큰 영향을 미치는 또 다른 역사의 측면까지 보여 준다".

1816년 시인 바이런, 셸리 부부(시인 퍼시 셸리, 그리고 그의 아내로 뒤에 『프랑켄슈타인』을 쓴 메리 셸리), 바이런의 비서 겸 주치의인 폴리도리(뒤에 소설 『뱀파이어』를 쓴다) 등의 일행은 스위스 제네바에서 '무서운 이야기'를 주고받는다. 유럽 당대 최고의 낭만주의 열혈 청년들이 불 피워 놓고 둘러앉아 한 사람씩 돌아가면서 귀신 이야기를 들려주는 장면을 떠올리면 되겠다. 기담이나 괴담의 세계에 대한 호기심과 열광, 그리고 창작욕은 당대 낭만주의의 한 특징이다.

이 모임이 그냥 "모닥불 피워 놓고~ 마주 앉아서~ (…) 우리들의 이야기는 끝이 없어라~"와 무수한 빈 소주병으로만 끝났다면 영문학의 역사상 유명한 장면의 하나로 남지 못했을 것이다. 바이런을 비롯한 그날의 '무서운 이야기' 멤버들은, 정말 세상에서 가장 무시무시한 이야기를 우리 손으로 써 보자고 의기투합했다고 한다. 누가 가장 무서운 이야기를 쓰는지 그들이 내기를 했다고도 하고, 기획회의를 통해 각자의 의견을 모았다고 하기도 한다.

아무튼 역사적으로는 메리 셸리의 기념비적인 걸작 『프랑켄슈타인』과 폴리도리의 『뱀파이어』가 뒤에 태어났다. 폴리도리의 『뱀파이어』는 원래 바이런이 쓰다가 바통을 넘겨준 것이라고 하는데, 한 교활한 출판업자에 의해 바이런의 이름으로 발표되어 그 이름을 업고 베스트셀러가 되었을 뿐만 아니라 흡혈귀 문학의 일대 유행을 불러일으켰다.

『The Stress of Her Regard』의 이야기는 바로 이처럼 실제로 있었던 사건으로부터 시작된다. 여기서 아주 유구한 역사를 가진 몬스터가 나타나게 되는데, 바로 그리스 신화에 나오는 라미아(lamia)다. '무서운 이야기'의 도원결의가 있고 난 뒤에 일행 중 바이런과 셸리는 배 위에서 미녀 반, 뱀 반의 흡혈귀 라미아의 습격을 받게 된다.

주인공들의 역정은 정말 "생고생"에 파란만장, 천신만고다. 역사와 괴담, 시인들의 실제 생애와 가공의 이야기가 교직된다. 그리스 독립운동에 뛰어들어 1824년에 열병으로 요절한 바이런, 한창 영감이 번득이는 시편들을 내놓던 1821년에 폐결핵으로 요절한 키츠, 사랑의 도피처인 지중해 연안의 한 도시에서 두 번째 아내 메리 셸리와 살다가 1822년 요트 사고로 익사한 셸리의 삶과 애증이 아주 감탄할 만한 솜씨로 블렌딩되어 있다.

돌이켜 보면 시인이고 싶었고, 라미아 같은 치명적인 존재에 의해 피를 빨리고 싶었던 것 같다. 이것은 낭만주의의 병폐적 측면이기도 한 피학(被虐) 심리일 수도 있지만 "나는 유혹 이외의 모든 것에 저항할 수 있다."(오스카 와일드)고 하지 않았는가.

이 소설 속에서, 소년 시절 라미아의 포로가 된 후 그녀의 도움으로 영국에서 가장 유명한 시인이 된 바이런은 셸리와 라미아 사이의 유대가 자신보다 오히려 더 근원적이라는 사실을 직감하는데 여기서 바이런의 "헉" 하는 묘한 심정에 공감한다. 이런 류의 질투도 예술의 원동력 중 하나가 아닐까.

포스트를 다시 읽어 보니 고백할 것이 하나 빠졌다. 나는 어쩌면 '그녀의 주시'를 받는 스트레스를 갈망했는지도 모른다. 그녀는 예술적 영감일 수도 있고 동시대의 여성들이었는지도 모른다. 즉 턱없는 사춘기적 아이돌 의식이 있었는지도 모른다. 왜 그랬나 몰라, 아마추어같이.

Joan Robinson, 『An Essay on Marxian Economics』, Macmillan, 1947(2nd edition)
Joan Robinson, 『Economic philosophy』, Pellican Books(Penguin Books), 1964

언젠가 나는 존경하는 앵글로색슨 여성으로 제인 구달 선생을 꼽은 적이 있다. 오늘 나는 또 한 사람의 존경하는 앵글로색슨 여성을 들고자 한다. 바로 조안 로빈슨(Joan Robinson) 선생이다. 케인즈주의자의 별무리에서 단연 빛나는 별이지만 남한에서는 '붉은 별'로 오해받았다. 상위 1%의 부자와 엘리트 등 기득권층의 이익만을 대변하며 꽤 오래전부터 한반도 남부를 지배하

고 있는 신고전학파 경제학, 대학 경제학 교수의 90%에 달하는 신고
전학파 경제학 교수들 눈에 케인즈 경제학은 마르크스주의 경제학과
난형난제였고, 게다가 논문 「코리아의 기적」(1965)에서 북한 경제의 양
적·질적 성장을 높이 평가한 로빈슨 선생은 볼셰비키나 다름없었기
때문이다. [24]

"경제학의 명저 중 로빈슨의 공격을 받지 않은 것은 거의 없"(갤브레
이스)으며 "미시경제학의 새로운 지평을 열었고 케인즈의 단기 이론을
장기화했을 뿐만 아니라 마르크스 경제학에 대한 최고의 분석가"(권홍
우)였던 선생은 그러나 주류 경제학계와 노벨 경제학상에서는 늘 배척
당했고 무시당했다.

레닌의 제국주의론을 연상할 만한 "대부분의 국가가 이웃에 손해를
끼치며 발전했다"는 '근린 궁핍화' 같은 삐딱한 이론을 제기했기 때문
이다. 케인지언이지만 좌파였고 여성이었기 때문이다.

하여 나는 사이먼 앤 가펑클의 〈Mrs. Robinson〉을 읊조리며 조안
로빈슨 선생을 호명하고 초혼한다.

Going to the candidate's debate

24• 사실 이렇게 점잖게 표현할 필요가 없다. 그들에겐 '빨갱이'였기 때문이다. 오늘 한국 사
회의 신자유주의 이데올로그들에겐 '주사파'일 것이다.

Laugh about it about it

Every way you look at it, you lose

We'd like to know

A little bit about you for our files

We'd like to help you learn

To help yourself

다시금 이 지옥의 한반도 남부에서 선생의 목소리가 쟁쟁하다.

"경제학을 공부하는 이유는 경제학자들에게 속지 않기 위해서다."

"자본주의에서 착취당하는 노동자의 고통은 끔찍하다. 그러나 착취당

하지도 못하는 고통은 더 끔찍하다."[25]

---

25 • 해고자, 실업자, 비정규직 노동자에 대한 예언적 언급이다.

19 얼녀를 찾아서

Charlene Spretnak(ed.), 『The Politics of Women's Spirituality—Essays on the Rise of Spiritual Power within the Feminist Movement』, Anchor Books, 1982

이 글은 샤를렌 스프레트낙(Charlene Spretnak) 선생이 엮은, 거칠게 옮기면 '여성 영성의 정치'라는 책의 발췌 노트다. 이 책은 여성해방의 종교 및 영성, 문화적 차원을 주로 다룬다. 여성에겐 영성이 없다고 생각하는 사람이 아직 많은 것인지, 우선 '해방'이 먼저고 '영성'은 나중이라는 것인지 아직 한국어판이 출판되지 않았다.

나는 여성의 영성 또는 '영성을 지닌 여성'을 순우리말로 '얼녀'라고 하면 어떨까 한다. 뭘 얼리느냐고? 그게 아니라 Homo Sapiens(슬기사람), Homo Spiritus(얼사람)의 '호모'라는 앞말에는 '남자만 사람'이라는 속뜻이 화석화되어 있으니까, Gyna Sapiens(슬기녀)를 넘어 얼녀(Femina Spiritus)라고 하자는 것이다.

"나는 내가 부뚜막에 불을 지핀 모든 여성과

불의 사슬로 이어져 있음을 안다.

솔향기 어린 연기 속에서

나는, 움막, 성(城), 동굴, 저택, 오두막의 냄새를 맡고,

너울거리는 불꽃 속에서 이 세상 여기저기에 살아 있는

나의 어머니와 할머니의 모습을 본다."[26]

"서구 문명은 폐경기 이후의 여성이나 노년층 여성을 별로 존중하지 않는다. 우리 문화가 노쇠 및 죽음을 부정하는 태도에 바탕을 두고 있다는 건 공공연한 비밀이며, 여성들은 이 부정 때문에 남자들보다 더 피해를 입고 있다. 여성들이 젊고 아름다울 때는 소중하고 강력하다고 간주되지만, 나이가 들면 이 힘을 잃는다고 한다.

여성해방론자들이 지적한 바와 같이 젊은 여성이 누리는 힘은 허상에 지나지 않는다. 왜냐하면 아름다움의 기준은 남성들에 의해 세워지고, 그 기준에 의하면 대부분의 여성이 일생의 겨우 몇 년 동안만 아름답다

---

26 • 엘자 기들로(Elsa Gidlow)

고 생각되기(또는 자신들이 아름답다고 생각하기) 때문이다. 노년기에 접어든 남성은 간혹 현명하거나 권위 있다고 간주되기도 하나, 늙은 여성들은 동정과 회피의 대상이 된다.

종교의 상징체계 역시 늙은 여성에 대한 우리 문화의 이런 태도를 뒷받침하고 있다. 마리아와 다른 성녀들의 순결함과 처녀성은 그들을 영원히 젊은 모습으로 그리는 회화적 전통에 의해 표현되어 왔다. 또, 종교의 신화 체계는 사악한 늙은 마녀라는 상징으로써 늙은 여성과 악을 연관 짓고 있다."[27]

"여성들만, 또는 여성들이 주로 참가한 고대 그리스의 여신 숭배 의식은 '어머니 지구'와 같이 풍요롭고 창조적이며, 지구의 주기와 조화를 이루며 살아가는 여성의 원초적인 힘을 찬미했다. 그 의식에 참가한 여성들은 '어머니 지구'의 변함없는 친절함과, 여신, 그리고 자신들의 주기(週期)—탄생, 생리, 섹스, 나이 듦, 늙음—를 기렸다. 신화—하계로의 여행과 귀환, 여신이 없는 동안 피폐해지는 지구, 그리고 죽은 아들이나 사라진 딸에 대한 애도—와 종교의식은 둘 다 여신과 여성의 힘을 찬미하고, '어머니 지구'의 주기와 여성의 삶의 여러 단계를 기린다."[28]

---

27 • 캐롤 크라이스트(Carol P. Christ), 「여성에게 여신이 왜 필요한가: 현상학적, 심리학적, 정치적 고찰」 중
28 • 벨라 데브리다(Bella Debrida), 「여성의 자아 추구에 있어서 신화의 역할」

"그대가 노예가 아닌 때가 있었음을 기억하라. 그대는 홀로, 웃음에 넘치며, 배를 내놓고 걸었다. 그대는 그런 건 모두 잊었다고 한다. 그러나 기억해 보라. 그대는 어떻게 곰을 피하는지 알고 있다. 그대는 늑대가 모여 드는 소리를 들을 때 느껴지는 겨울의 공포를 안다. 그러나 그대는 나무 꼭대기에 몇 시간이고 앉아 아침을 기다릴 수 있다. 그대는 그런 시절은 형언할 수도 없고, 존재하지도 않았다고 한다. 그러나 기억하라. 기억하려고 애써 보라. 그래도 안 되거든, 지어내라."[29]

"나는 얼마나 멀리 있었던가
그토록 나 자신에게서 멀리"[30]

"성은 현대 종교 이전에 존재했다. 우리는 유대교도, 기독교도, 이슬람교도이기 이전에 여성이었다. 따라서 종교를 우리의 기원에 어울리게 변화시키는 것은 극히 자연스럽고, 역사적이고, 합당한 작업이라 할 수 있다.

점토판이나 석판에 보면 역사상 존재했던 여러 의식들에 대한 기록이 나와 있다. 여성들은 초승달을 맞아들이고, 출산을 관장하고, 장례식에

---

29 • 모니크 워티그(Monigue wittig), 『게릴라들』
30 • 마리애너 알코포래도, 『세 마리아』

서 연설을 했다. 배우자를 스스로 선택하고, 재산을 딸들에게 물려주었다. 고대의 여신들은 그들의 딸인 여사제의 찬가에서 칭송받았다.

하지만 신의 성이 바뀐 뒤에는 모든 게 달라졌다. 여성들은 피지배자가 되었고, 인간으로 절하되었으며 신으로 저주받았다. 그리고 종교 의식에서는 차츰 여신이 배제되었다."[31]

"모든 의식은 '월경적'이었다. 다시 말해 주기적이었다. 월경의 주기성 때문에 월경이 인간사에 그렇게 중요했던 것이다. 이것이 우리에게 시간, 단순히 밤과 낮이 교차되는 것 이상의 정확한 시간을 잴 수 있는 방법을 주었다. 월경과 달의 규칙적인 운동의 연관성에서 우리는 폭넓고 정확히 측정된 시간을 얻었고 그렇게 함으로써 특정한 과거를 기억하고 특정한 미래를 내다보는 방법을 알아냈다.

월경이 없었다면, 여성들이 달을, 그리고 뒤이어 별을 관찰해서 개발한 측량의 과학이 없었다면 시계, 천문학자, 수학자나 물리학자, 우주비행사, 정확한 측량과 균형에서 만들어진 건축과 공학 그 어느 것도 존재할 수 없었을 것이다. 새처럼 둥우리를 만들 수는 있었겠지만 피라미드나 정사각형, 직사각형, 원형 혹은 다른 어떤 규칙적이고 기하학적인 모양은 만들지 못했을 것이다. 기하학은 월경의 선물이었다."[32]

---

31 • E. M. 브로너, 「여성의 의식(儀式)들에 나타난 권위와 예법」
32 • 주디 그랜, 「신성한 피로부터 저주와 그 너머까지」

"내가 대학교 1학년일 때 월경이 멈춘 일이 있었다. 6개월 동안 월경이 없는 끝에 나는 병원에 찾아갔는데 의사는 내게 골반검사를 제의했다. 그런 검사가 어떤 것인지 상상되지는 않았지만 내가 그런 검사를 원치 않는다는 것만은 확실했다. 나는 의사에게 생각해 보겠다고 말하고 캠퍼스를 가로질러 기숙사까지 걸어갔는데 기적처럼 다리 사이로 피가 흘러내렸다.

나의 이 일화는 여성의 정신과 육체에 대한 현대의학의 물질적 지배와 공포스러운 통제력을 보여 주는 것이다. 『질의 정치(Vaginal Politics)』라는 책에서 엘렌 프랭크포트(Ellen Frankfort)는 산부인과 병원의 정치를 다음과 같이 예리하게 묘사하고 있다. '나는 어린아이였고 그는 어른이었다. 나는 발가벗었고 그는 옷을 입고 있었다. 나는 누워 있었고 그는 서 있었다. 나는 침묵했고 그는 명령하고 있었다.'"**33**

---

33 • 첼리스 글렌다이닝, 「여성의 치유력」

■ 마오쩌둥(毛泽东), 『모택동사상만세(毛泽东思想万岁)』,
人民出版社, 1968

철학과 학부 1학년생이 중국철학을 가르치
는 교수의 연구실 서가에 꽂힌 난생처음 보
게 된 백화문 책의 제목이 하필 『모택동사상
만세』였다. 별 희한한 책이 다 있구나 싶었다.
그것이 마오쩌둥 주석의 어록이라는 걸 알게
된 것은 꽤 시간이 지나서였다. 살아가면서 무엇 때문이든 종종, 때로
는 자주 꺼내 들춰 보곤 하는 책이 될 줄은 그땐 정말 몰랐다.
다시 펴 보면 이런 명구들이 눈에 띈다.

"우리가 마르크스주의를 학습하는 것은 그것이 보기 좋기 때문에 그런 것도 아니고, 또 그것이 어떤 신비한 가치가 있기 때문에 그런 것도 아니다. 그것이 프롤레타리아혁명을 승리로 이끌어 줄 수 있는 과학이기 때문에 우리는 마르크스-레닌주의를 학습한다. 그러나 오늘날까지 많은 사람들은 마르크스-레닌주의의 저작물 중 어떤 말이나 구절을 모든 질병을 고칠 수 있는 만병통치의 약처럼 여기고 있다. 이것이야말로 유아적인 무지의 발로 이상 아무것도 아니다. 이론이 가치가 있는 것은 그것이 도그마가 아니라 행동의 지침이기 때문이다."

마오 주석의 어록에서 단연 널리 알려지고 뭇 사람들의 입과 붓에 익은 것은 바로 이 말일 터이다.

"(모든) 혁명에는 죄가 없으며, 모든 반란은 정당하다(革命無罪 造反有理)."

'무전유죄 유전무죄'라는 한국 사회 특유의 성조로 읽기는 부적절하지만 왠지 한국 사회에도 친일 청산 등과 같은 문제에 있어서만은 문혁과 같은 대격변이 필요하다는 점에서는 입에 착 붙을 수밖에 없는 구호가 아닐지.

그리고 줄줄이 주옥(珠玉)이다.

"중앙이 옳지 않은 일을 하고 있다면, 우리는 지방이 조반(造反)해서 중앙으로 진공하도록 호소해야 한다. 각지에서 많은 손오공을 보내 천궁

(天宮)을 소란케 해야 한다.”

“낡은 것을 파괴하지 않고서는 새로운 것을 세울 수 없다(不破不立).”

“천하대란이 천하의 큰 정치다(天下大亂 天下大治).”

서구의 68혁명과 중국 문화대혁명의 강력한 자장에 전 세계가 끌리고 있을 때 사람들은 토마스 쿤이 인용한 양자역학의 선구자 막스 플랑크의 말에 고개를 끄덕였는지도 모른다.

“새로운 과학적 진리는 반대자를 납득시키거나 빛을 봄으로써 승리하는 게 아니라, 반대자들이 마침내 죽은 뒤 새로운 세대가 그 새로운 빛에 친숙해짐으로써 마침내 승리한다.”[34]

이렇게 해서 저 영롱한 마오 주석 어록의 붉은 구슬들은 수학자 칸토어의 집합론에 의한 수학 혁명과 68혁명의 마오주의 이론가이자 투사인 알랭 바디우를 향해 또르르 굴러간다.

칸토어의 집합론에 따르면 모든 집합에는 반드시 공집합($\emptyset$)이 부분집합으로 포함되어 있다. 이 집합은 비어 있기 때문에 드러나지는 않지만, 그렇다고 있지 않다고는 할 수 없는 속성을 가진다. 공집합은 비

---

[34] • 토마스 쿤, 『과학혁명의 구조』

어 있다는 속성 때문에 모든 집합에 들어 있지만, 결코 하나로 셈해지지 않는다. 따라서 공집합이 내재되어 있는 한, 그 어떤 집합도 유동적이다. 새로운 원소가 무제한으로 들어올 수 있는 가능성이 언제나 열려 있다.

1, 2, 3, 4 이렇게 세다 보면 하나밖에 없는 존재, 하나로 궁극적인 하나라는 답을 구하게 되어 있다. 이것을 사회학적으로 말하자면 다른 존재는 일자 뒤로 서열화하게 되는데, 이 일자를 없애면 다들 평등한 다자가 된다. 칸토어의 혁명적 사고는 '무한'도 집합으로 만들면 되지 않겠느냐는 것이었다. 칸토어에게 있어 무한은 유한에 의해서 무한성을 인정받는 셈이다.

알랭 바디우는 칸토어를 이어받아, 무한한 존재인 그리스도에 의해 바울의 유한성이 인정받은 것이 아니라 바울의 유한성이 무한한 그리스도를 진리로 만들었다고 주장한다. 회심을 통해 바울은 진리에 충실한 혁명적 투사가 되어 로마와 유대의 기존 질서를 무너뜨리게 되었다는 것이다.

바디우는 '순수다수(le multiple pur)'로서 존재를 말하면서 '순수다수'인 '자연적 존재'와 구별되는 것으로서 역사성을 특징으로 갖는 '일자를 넘어서는(l'ultra-Un)' '사건'에 대해 말한다. 진리는 사건을 통해 생산되는데, 사건이란 기존 질서를 교란하고 균열이 생기게 만드는 예기치 못한 사태의 돌발이다. 사건은 기존 사회의 이해 지평을 벗어난 사태다. 지동설, 상대성이론은 기존 과학 체계로서는 해명할 수 없는 사태다. 프랑스혁명이나 러시아혁명도 그와 같은 사태다.

새로운 사태를 '진리'로 인식하고 결정하는 행위가 바디우가 말하는 '개입'인데 이 개입을 통해 그 결정을 충실하게 밀어붙이는 과정에서 주체가 출현한다. 진리를 진리로 받아들여 실천하는 과정에서 주체가 만들어지는 것이다. 바디우는 그 주체의 활동이 역사를 만든다고 말한다. 그리고 혁명이 실종된 시대를 살아간다 해도 좌절하지 말고 진리 사건을 만들어 나가는 주체가 되자고 힘주어 말한다.

프레데릭 웨이크먼(Frederic Wakeman)의 개념으로는 역사를 움직이고 만들어내는 주체의 '의지(will)', 송영배 선생의 용어로는 마오주의가 유가사상에서 이어받은 "주체의 의지적 실천"이 마오주의와 칸토어의 수학 혁명, 알랭 바디우가 만나는 지점이다.

칸토어와 바디우를 통과해서 마오주의를 돌이켜 볼 때 문화혁명이 그저 극좌파의 집단 광기에 불과했던 것인지는 재고할 여지가 많다고 하겠다.

마오 어록의 구절들을 곱씹으며 문화혁명에 오늘 되살릴 만한 의미 있는 사상운동으로서 측면은 없는지 골똘히 생각해 본다.

02 내가 읽은 책, 만든 책과 세상

21 투가리의 와인 맛

『i, f(L'intellectuel Français) suite et fin』, 갈리마르, 2000 한국어판 강주헌 옮김,
『지식인의 종말』, 예문, 2001

이 책을 펴내고 대중적 인기를 끌 리가 만무한 이놈의 책을 어떻게 홍보하나 머리를 싸매다가 나는 고 정운영 선생을 무작정 떠올렸다. 정운영 선생은 김수행 선생과 더불어 학창 시절 철학과의 스승들만큼이나, 아니 어쩌면 그 이상으로 내가 따르고 존경했던 분이다.

'B급 좌파'로 한때 널리 알려진 김규항 선생은 학창 시절에 정운영 선생에게서 유럽 지식인의 모습을 느꼈다고 쓴 적이 있다. 현실과 다소 괴리가 있었다는 은근한 야유가 숨어 있다고 하겠다. 나는 그런 인상기에 반대하지만 그런 느낌을 치받아 버리기보다는 다른 에피소드

로 덮고자 한다.

스쿨버스를 타고 시내로 진출하자는 강경한 학생들과 학생들의 안전을 걱정한 교수들의 대치가 있었다. 학생들이 교수들에게 야유를 보내자 정운영 선생이 노발대발했다.

"야, 교수와 학생 관계가 도대체 이게 뭐야? 임마, 시내 나가지 말아. 너희 백골단한테 맞아 죽는다. 학내에서 해. 단, 학교에 경찰이 진입하면 내가 총대 메고 나서서 경찰들 코피 한 방씩 먹일 테니까."

논문 참고문헌에 '제(諸)저작'이라고 명시하는 경우를 몇 차례 본 적이 있다. 적어도 논문을 탈고하기 직전까지 공표된 그 사람의 '모든' 저작을 읽고 연구했다는 것을 뜻한다. 나의 개인적인 독서 편력에서 '제저작'까지는 못 미치더라도 거의 모든 저작을 통독한 경우는 정운영 선생이 유일한 듯하다. 왜? 선생의 문체도 좋아하고 인품도 존경하고 사상도 따랐으니까.

선생의 관심사와 독서의 폭, 불어권 문헌에 대한 친화력 등에 비추어 볼 때, 레지스 드브레의 근작을 선생이 외면하지는 않을 것이라는 생각이 들었다. 나는 책과 보도 자료를 챙기고 짧은 편지를 써서 퀵서비스를 불렀다.

"(…) 상업출판사의 편집자가 책을 보내는 것은 분명 서평을 써 주십사 하는 속셈에 의한 것이라는 점을 굳이 감추지 않겠습니다. 그러나 혼자서 제멋대로 선생님의 제자연, 독자연하면서 이 책을 선생님께 꼭

드려야겠다는 순수한 발심에 의한 것이라는 점도 헤아려 주셨으면 고맙겠습니다."

아무런 소식도 없다가 두 달쯤 뒤에 선생이 쓰는 고정 서평란에 이 책이 다루어졌다. 그리고 직접 출판사에 전화를 걸어 나를 찾고는 불어의 한국어 표기, 용어와 개념에 대한 이견, 번역이 미심쩍은 몇 구절 등을 투가리에 와인 따르듯 지성의 뚝심과 인격의 부드러움의 함량이 아주 적절하게 배합된 친절한 목소리로 일러 주는 것이었다.

그러면서, 잘 팔리지 않는 인문서를 그래도 줄기차게 펴내는 출판사들, 그리고 현실사회주의의 붕괴, 고전적 진보사상의 용도 폐기가 거리낌 없이 천명된 지가 이미 한참 전의 일이건만 카를 마르크스의 『Grundrisse』 한국어판 등을 펴내는 몇 군데 사회과학 전문 출판사의 고집과 용기에 대한 진심 어린 찬사를 잊지 않았다. 또, 혹시 자신이 근무하는 신문사의 반경 500미터 이내를 지나갈 일이 있다면 결코 주저하지 말고 꼭 커피 한잔하고 가라고 말했다.

그러나 삶의 발등에 떨어진 불인지 폭탄인지를 끄고 해체하느라 넋을 잃고 살면서 그 신문사의 반경 10미터 근처를 꽤 여러 차례 지나가면서도 그 커피를 끝내 얻어 마실 수 없었고, 어느 날 갑자기 여러 언론사에 급히 타전된 건 그의 부음이었다.

그는 잔뜩 모가 난 교조적 이념 전사가 아니었지만, 반대로 둥글둥글 마모된 노회(老獪)를 만인비적(萬人非敵)의 후덕함과 사람 좋은 웃음으로 가장한 인물도 결코 아니었다.

선생을 기억하며 선생이 남긴 말처럼 가슴 왼쪽에 심장이 있음을 거듭 확인해 본다.

22 바나나 아빠는 왜 빨갱이였을까

요시모토 다카아키(吉本隆明),
『의제의 종언(擬制の終焉)』, 現代思潮社, 1962

미야자키 하야오(宮崎駿)의 〈하울의 움직이는 성〉을 보면서 일본 국가의 전쟁 책임에 대한 은유를 작품 도처에서 읽어 낼 수 있었다. 미야자키는 이른바 일본의 신좌파 학생운동 세대를 이르는 '전공투' 세대로서 여러 작품에서 좌파적 문제의식과 상상력을 드러내고 있고, 따라서 그의 작품에서 동시대 신좌파 사상의 자장 내지 코드를 읽어 낼 수 있다. 나는 신좌파 사상가 중에서도 특히 소설가 요시모토 바나나의 아버지, 요시모토 다카아키(吉本隆明) 선생을 떠올렸다.

고전을 만나는 것은 즐거운 일이지만 고통스러운 일이기도 하다. 시

공을 넘어 그 시대의 정신과 희로애락을 들여다볼 수 있다는 것은 행복의 하나지만 그 시대의 상처가 '지금 여기'의 현실과 나란히 비교될 때 그것은 고통이기 때문이다.

고 요시모토 다카아키(吉本隆明) 선생의 『의제의 종언(擬制の終焉)』이 바로 그런 책이다. 이 책은 1960년대 일본 신좌파 학생운동의 고양기에 쓰인 것이다.

'의제'란 "의회민주주의는 의회의 의사를 국민의 의사로 '의제'하는 제도"라고 말할 때의 바로 그 의제다. 본래 법률 용어다. 쉽게 말해서 진짜 존재하거나 실제와 한 치의 차이도 없이 맞아떨어지는 것은 아니지만 어떤 사회적인 필요 등에 따라서 사실로 간주한다는 뜻이다.

요시모토 다카아키는 그 의제가 죽었다고 선언했다. 그는 당시의 일본공산당이 '일본 진보 세력의 의사로 의제한 당이 더 이상 아니다'라는 용법으로 쓴 것이다. 그의 말을 직접 들어 보자.

"전전파(戰前派)가 지도하는 가짜 전위들이 수십만 학생, 노동자, 시민들의 눈앞에서 계속해서 스스로 싸울 수 없다는 사실, 그리고 스스로 투쟁의 방향성을 수립할 능력이 없다는 사실을 완벽히 그리고 명확히 했다."[35]

이 말의 뜻을 이해하기 위해서는 배경 설명이 필요하다.

당시 일본 사회는 '안보 투쟁'의 소용돌이에 휘말려 있었다. 안보 투쟁이란 미국과 일본이 1952년 샌프란시스코 강화조약 때 체결한 미일안보조약의 개정을 반대하는 운동이다. 왜 반대했느냐면 요컨대 오늘날 우리나라와 미국이 체결한 SOFA(한미주둔군지위협정)의 불평등성과 같은 심각한 문제점이 있었기 때문이다.

일본 범진보 세력의 반대 투쟁을 무력으로 제압하고 기시 내각은 미일안보조약의 개정을 밀어붙여 결국 관철했다. 따라서 오늘날까지 오키나와 주둔 미군의 범죄를 수사한다든가 할 때—SOFA처럼—주권을 행사하는 데 심각한 방해물이 되고 있다.

안보 투쟁 이전의 일본 사회운동은 일본공산당의 지도 노선에 따랐다. 그런데 안보 투쟁이 시작되는 때를 전후해 학생들이 급진적인 직접행동에 나서자 일본공산당은 학생들을 맹렬히 비난했다.

이때 스탈린을 비판하고 일본공산당의 소련 추종을 비판했다는 등의 이유로 일본공산당에서 잘린 활동가들이 분트(ブント; Bund)라는 정파를 만든다. 요요기(代代木)파(일본공산당 노선을 따르는 정파의 별명)와 반요요기파로 진보 세력이 양분된 것이다. 그 이후 정파는 분열을 거듭해 '혁공동'을 비롯한 여러 갈래로 나뉘게 된다. 혁공동은 바로 오

35・吉本隆明,『擬制の終焉』, 現代思潮社, 1962

쿠다 히데오의 소설 『남쪽으로 튀어!』에 나오는 아버지가 활동한 동아리다.

의제의 종언은 일본공산당과 결별한 분트 및 반요요기파, 그리고 어느 정파에도 소속되지 않은 범진보 세력(이른바 'non-sect radical')의 수많은 시민, 노동자, 학생이 주도한 안보 투쟁 및 신좌파 운동의 선언이자 옹호의 책이다. 요시모토 다카아키의 '의제'에 대한 비판은 "모든 거짓을 타도하자!"는 슬로건의 샘이었다.

의제의 종언은 요시모토 다카아키가 당시의 일본공산당을 정면 겨냥한 옛날 그 시절의 것이지만, 『의제의 종언』을 오늘 다시 읽으려는 마음은 또 다른 면에서 고통스럽고 산란하다.

과연 오늘의 국회, 정당들이 인민의 의사를 의제하는가.

1960년 미일안보조약을 밀어붙인 기시 수상은 "(국회) 원외의 움직임에 굴복한다면 일본의 민주주의는 지켜지지 않는다."고 말했다. 안보조약 강행 체결에 항의하는 학생 시위대가 국회에 돌입했고 이 과정에서 도쿄대 여학생 미치코(樺美智子)가 기동대가 휘두른 진압봉에 살해되었다.

그런 장면들이 왠지 자꾸만 오늘 우리 정치, 사회의 여러 장면들과 겹쳐 보인다. 정치인들은 대부분 '의회의 의사와 다른 국민의 의사가 있다고 하는 것은 의회민주주의에 대한 도전이자 위협'이라고 생각하는 것 같다.

과연 의제의 종언이 이웃 나라의 과거사에 불과한 것인지, 아니면 우리에게 현재적 의미를 지니고 있는지 하나하나 조목조목 현실을 꼽아 보는 마음은 괴롭기만 하다.

이 글의 두 번째는 책 욕심을 드러내는 것이다. 요시모토 다카아키의 시 전집이 완간되어 있다(일본, 思潮社, 2006). 갖고 싶고 읽고 싶다.

요시모토 다카아키는 전후 일본에서 매우 영향력 있고 거대한 사상적 자장을 가진 사상가이자 사회운동가이지만, 무엇보다 우선 시인이다. 그는 10대부터 시를 썼고 20대 초반에는 마르크스주의를 받아들였다. 신좌파 학생운동을 열심히 했고 노동조합운동으로 직장에서 쫓겨나기도 했으며 잉크를 만드는 대기업에 다니기도 했지만, 자신의 중심은 언제나 시에 있었다고 말한다.

아버지 요시모토 다카아키의 흔적이라고는 찾아볼 수 없는 개성 있고 독특한 작품을 써 온 키친의 요시모토 바나나(吉本ばなな, 1964~)가 지금까지와는 분위기가 완전히 다르게 세계와 인간 내면의 어두운 구석을 들여다보는 작품을 펴냈다고 해서 적잖이 화제가 되었다. 바로 소설『그녀에 대하여(彼女について)』(文藝春秋, 2008)다. 한 인터넷 언론의 기사에서 부녀의 말을 나란히 인용해 놓았다. 흥미롭다.

"지식인이란 혁명적이고 진보적인 척하는 사람이 아니며, 어디까지나 대중 속에서 지식인이 자신의 사명을 발견해야 한다."

– 요시모토 다카아키

"어두운 시대에, 어두운 소설을 써서 미안하다고 생각했지만, 어두운 것에는 어두운 것으로 맞부딪쳐야지만 독자를 위로할 수 있다고 느꼈다. (…) 작가의 사명이란 상처받고 삶의 희망을 잃어 가는 지친 독자들을 위해 글을 쓰는 것이다."

– 요시모토 바나나

딸들을 키우면서(요시모토 바나나는 둘째) 딸들이 혼자 누리는 시간을 절대 방해하지 않는 것을 으뜸의 원칙으로 삼았다는 팔순의 좌파 거장을 보면서 좋은 생각과 삐딱한 생각이 함께 떠오르는 걸 어쩔 수 없었다.

우선 좋은 생각. 아버지도 곧게 살았고, 딸도 참 잘 컸다. 시인 아버지와 소설가 딸, 정말 보기 좋다.

둘째는 삐딱한 생각. 색깔이야 어쨌든 간에 이처럼 한 인간으로서, 부모로서 존중받고 존경까지 받으며 곱게 늙을 수 있는 게 부럽다. 이에 반해, 개명한 21세기에 '빨갱이 아비, 빨갱이 자식' 같은 험구를 서슴없이 일삼는 자들이 정치인입네 언론인입네 문화인입네 목에 힘을 주고 다니는 이놈의 한국 사회를 어쩌면 좋은가.

　오늘, 도대체 누가, 무엇이 우리의 의사를 '의제'한단 말인가. 우리도
의제의 종언을 선언해야 하는 것은 아닌가.

23 폭력의 참뜻

조르주 소렐, 이용재 옮김,
『폭력에 대한 성찰』, 나남, 2007

백범 김구 선생은 스무 살이던 1896년 5월 11일 황해도 치하포에서 일본인 스치다를 살해한다.

"아무래도 일본인처럼 보이는 흰 두루마기 차림의 사내를 작은 여관에서 눈여겨보던 김구 선생은 그의 두루마기 차림에 일본도가 감춰져 있는 것을 보게 된다. 김구 선생은 그를 죽이기로 결심하고 그 일본인의 긴장을 해소하는 동시에 다른 투숙객들의 주의를 돌릴 방법을 강구했다. 그는 밥 일곱 상을 주문해 주의를 분산시키고 일본인 사내가 방심

한 틈을 타서 문가에 서 있는 그를 가차 없는 발길질로 나동그라지게 한 다음 목을 밟았다. 그리고 몰려나오는 사람들에게 '누구든지 이 왜놈을 위해 내게 달려드는 자는 모두 죽이리라!'고 소리쳤다.

선생은 그 일본인의 칼로 그를 찌르고 벤 뒤에 애초에 주문한 밥 일곱 그릇을 한 군데에 붓고는 숟가락 두 개로 퍼 올리는 과장된 행동을 했다. 그리고 몇 번 떠먹다가 '오늘은 먹고 싶던 원수의 피를 많이 먹었더니 밥이 들어가지를 않는다.'고 크게 말했다. 김구 선생은 그의 소지품을 가져오게 한 다음 그가 '스치다'라는 일본군 장교 출신 밀정임을 공개적으로 확인하고는 소지품 중 800냥을 극빈자에게 나누어 주도록 하고 '국모 시해에 대한 복수를 목적으로 이 왜인을 죽였노라'는 포고문을 써 붙였다. 이 사건은 김구 선생이 가진 지적 잠재력인 신체운동지능, 인간친화지능, 자기성찰지능이 상승작용을 하게 함으로써 사건을 그의 의도대로 종결시키고 스스로의 잠재력과 역량을 사회에 의미 있게 분출하는 신호탄이 되게끔 했다."[36]

김구 선생의 위와 같은 퍼포먼스도 다소 엉뚱하지만 이 인용의 출처 역시 좀 엉뚱하다 할 것이다. 물론『백범일지』등의 정평 있는 문헌을 바

---

36 · 류숙희, 「백범 김구의 잠재능력 계발과정 연구―다중지능이론의 관점에서」, 서울대학교 대학원 박사 학위 논문, 2004, 70~72쪽

탕으로 한 것이다. 사실 이보다 엉뚱한 것은 이인호 선생 같은 부정적인 의미에서 유기적 지식인의 김구 선생에 대한 평가다. 그는 김구 선생을 맹목적 테러리스트, 아니 시정잡배나 폭력사범 정도로 폄훼했다.

우리는 김구 선생의 스치다 살해 사건에서 폭력의 문제와 조우한다. '어떠한 경우에도 폭력은 정당화될 수 없다'는 주장은 현실적인 판단이 아니라 가치에 대한 선택일 뿐이다. 절대적 비폭력주의는 특정 사상이나 종교를 선택하는 것과 같은 차원의 담론이라 할 수 있지 않을까. 가치판단의 문제와 달리 현실에 존재하는 폭력은 언제나 중요한 정치적 문제였던 것이다.

조르주 소렐(Georges Sorel)은 폭력의 정치적 성격을 분명히 인식했다. 그가 폭력을 예찬했다는 평가는 소렐의 논의를 축자적으로 이해하거나 왜곡한 것이다.

사실 현실에서 그의 기준을 만족시킬 수 있는 정치집단은 존재하지 않았다. 역으로 그의 이론은 여러 정치집단들의 선전에 동원되었다. 좌파는 소렐의 무정부주의적 기질과 이념적 변덕을 비판하며 타협적 의회주의를 정당화했다. 우파는 소렐의 명성과 지지를 정치적 선전에 이용했다. 그러나 정작 소렐이 그토록 원했던 순수하고 숭고한 역사적 순교자의 역할을 수행하려는 정치집단은 등장하지 않았다. 소렐이 말하는 '폭력'은 패배할 줄 알면서도 그것을 두려워하지 않는 사회적 소수자 또는 피지배계층의 투쟁을 일컫는 말이었다.

소렐은 '폭력'이란 '무력을 사용해서 형성·유지되는 소수의 지배, 그 사회질서의 파괴를 지향하는 것'이라고 정의했고, 구체적으로는 노동자계급의 총파업과 직접행동을 지칭하는 개념으로 사용했다. 폭력은 억압적인 지배 질서를 전복하는 집단적 힘의 발현이지 그 과정에서 발생하는 구체적 행위가 아니다. 소렐은 정당한 혁명의 사회적 가치를 옹호한 것이다. 누군가 '정당한 목적에 맞는 정당한 수단을 사용해야 한다.'고 주장한다면, 그는 '내가 말하는 폭력은 정당한 힘이고, 부당한 힘은 무력이다.'라고 웃으며 대꾸하지 않을까.

소렐이 보기에 폭력은 압제자들의 양보를 얻어 낼 수 있는 가장 효과적인 수단이다. 그리고 적대적 두 진영이 가지고 있는 갈등의 본질을 그대로 보여 줄 수 있는 가장 분명한 방법이기도 하다. 계급 관계에서도 어설픈 협상과 타협은 언제나 억압당하는 사람들의 투쟁을 이용하여 자신의 정치적 야망을 충족시키는 거짓 대리인들만을 양산할 따름이다. 소렐은 말한다. "부르주아여, 당신들의 일(지배)에 전념하라. 프롤레타리아는 자신의 일(저항)을 하겠다." 계급 갈등을 분명히 해 주고, 모호해진 계급 구조를 다시 세우는 것이 폭력의 역사적 역할이라는 것이다.

소렐은 폭력이 전쟁이나 혁명 상황 속에서 큰 의미를 갖는다는 점을 분명히 보여 주었다. 정당성이 결여된 정치체제와 노골적인 착취 구조의 자본주의 체제하에 살아가던 노동계급에게 세계는 전쟁터와 다르지 않다. 소렐은 "진정한 윤리성이란 존재하는 폭력(가시적인 그리고 비가시적인)을 비판하고 단순히 평화를 갈구하는 일이 아니라, 폭력으로 현상하는 사회 내부의 일종의 '전쟁 상태'를 분명히 인식하는 일이다."라고 강조했다. 모든 숭고한 윤리는 전쟁 상태 속에서 활성화되어 왔으며, 근본적인 문제 해결 없이 오직 중재와 타협으로 점철된 사회는 점차 그 숭고한 윤리성을 상실하게 된다는 것이다.

소렐의 폭력론을 개성적으로 만드는 것은 '신화'라고 할 수 있다. 미르크스주의가 사회주의 운동에 부여했던 '과학'을 소렐은 '신화'로 대체한다. 과학적 법칙을 따르는 역사 발전의 자동적 경로는 없다. 역사가 혁명적으로 비약하려면 그 역사를 만드는 대중이 하나의 거대한 신화 속에서 뭉쳐야 한다는 것이다. "대중에게 수용된 신화들이 없는 한 사람들은 어떤 혁명운동도 촉진하지 못한다." "혁명적 신화들은 결정적 투쟁을 맞이할 채비에 들어가는 인민대중의 행동, 감정, 관념들을 이해할 수 있게 해 준다."

신화는 유토피아와 혼동하기 쉽지만, 소렐은 그 둘이 전혀 다르다고 말한다. "신화는 사물에 대한 묘사가 아니라 의지의 표현이다. 반면에 유토피아는 지적 작업의 산물이다." 요컨대 유토피아는 이론가들이 책상머리에서 만들어 낸 논리적 조립품일 뿐이며, 따라서 그것은 논박이 가능하다. 그러나 신화는 논박의 대상이 될 수 없다. "신화는 근본적으로 한 집단의 신념체계와 같은 것이고 이 신념을 운동의 언어로 표현한 것이다." 그것은 논리적 구성물이 아니라 이미지이고 드라마다.

소렐이 신화의 가장 핵심적인 이미지로 제시하는 것이 '총파업'이다. 프롤레타리아 계급이 일거에 일어나 자본주의 체제를 작동 불능 상태로 만들고 전면적 계급 전쟁으로 부르주아 체제를 파괴하는 것이 총파업이다. "총파업이란 사회주의의 모든 것이 담겨 있는 신화, 곧 현대사회에 맞서 사회주의가 벌이는 전쟁의 다양한 표현들에 부합하는 모든 감정을 본능적으로 일깨울 수 있는 이미지들의 총화다."

이 총파업 신화가 하나의 이미지로서 프롤레타리아의 본능을 지배하지 않는다면, 모든 개별적 파업 행위, 폭력 행위들은 파편화하고 만다. 거대한 파국과 붕괴를 거쳐 새로운 세계의 문을 여는 총파업의 드라마가 과연 실현될 수 있느냐를 묻는 것은 중요하지 않다. 소렐은 초기 기독교도들이 '예수 재림'을 대망하며 마침내 로마 제국을 몰락하게 만든 것을 상기시킨다.

24 날씨보다 걱정한 것

울리케 마인호프(Ulrike Meinhof),
『Everybody Talks About the Weather… We Don't』, Seven Stories Press, 2011

최근에 영화 〈엔테베〉를 보고 다시 집어 들어 보게 된 책이다. 〈엔테베〉는 대체 몇 번째 우려먹는 소재인지 모르겠지만 아무튼 그 '엔테베'다. 팔레스타인인민해방전선(PFLP)과 바더-마인호프 그루페의 후신인 구서독 적군파(RAF)의 연합 무장 행동에 의한 하이재킹을 응징하고자 이스라엘 나치오니스트(Nazionist, 나는 현대의 유대인 국가를 이렇게 명명하고자 한다) 특공대가 명백한 주권국가 우간다 영토에 불법 침입해 벌이는 무력 진압 유혈 난동을 그렸다.

맨 처음에는 황당무계한 동기로 읽게 된 책이다. 영화 〈바더 마인호프 콤플렉스〉를 보고 나서, 이를테면 '영화를 너무 많이 본' 탓에 읽게 된 책. 영화를 보고 나서 꿈을 꾸었는데, 철학 강사가 되어 '사회와 사상'이라는 과목을 강의하면서 학생들에게 울리케 마인호프의 칼럼 한 편을 당대의 정세와 사회사상을 둘러싼 정황을 염두에 두고 독해하고 사전 독서를 가급적 방대하게 하라는 과제를 내주었다.

동지들의 희생이 너무 크니 방법을 바꾸자는 마인호프의 문제 제기에 대해, 개개인이 실패한 것처럼 보일 수 있지만 전체는 실패하지 않는다며 마인호프를 비판한 요아킴 바더. 자신의 글로는 세상을 바꿀 수 없다는 딜레마에 빠져 있던 마인호프는 이러한 비판을 수용하고 아이를 고아원에 맡기고 바더와 행동을 같이하기 결정한다.

토니 네그리는 『다중』에서 테러를 합법 정부에 대한 반란이나 봉기, 인권을 침해하면서 정부가 행하는 정치적 폭력, 민간인 공격 등 교전 규칙을 위반하면서 이루어지는 전투 행위 등으로 규정한다.

어떤 정의에 들어맞든 바더마인호프의 테러는 자본과 권력의 폭력에 대한 반폭력의 성격을 갖는다. 조르주 소렐, 한나 아렌트 등의 폭력론과 아울러 일독해야 할 필요성이 충분한 울리케 마인호프의 칼럼 모둠이다.

레지(스) 드브레, 오영주 옮김, 「불타는 설원」,
한마당, 1988

미국에서 시무하는 선배 목사님이 페이스
북에 올린 눈 덮인 교회당 사진을 보고는 난
데없이 향수로 마음이 불타오르는 것이었다.
그래서 '눈이 불탄다(La neige brûle)'고 댓글을
적었다. 눈이 불타다니? 실은 지난 세기에 라
틴아메리카 여러 나라에서 일어났던 민중민주(PD) 투쟁의 은유다. 눈
이 불타도록 치열했다는 것이다. 체 게바라와 피델 카스트로를 지도부
구성원으로 한 쿠바 인민의 혁명에 대학생 신분으로 자원했던 지은이

레지(스) 드브레(Régis Debray)의 소설 제목이다.

한국어판은 『불타는 설원』이다. 게릴라 전쟁의 정글 속에서 마시는 압생트처럼 아름답고 강렬한 소설에 대해 무슨 말을 하랴. 이 닳고 누레진 책을 성탄절 대낮에 꺼내 놓고 잠시 할 말을 잃었다. 눈 덮인 교회당은 앳된 시절 개신교회 다닐 적의 미친 듯한 향수를, 그리고 이 시리도록 아름다운 소설에 대한 향수를 불러일으켰다.

군부에 체포되어 고문사한 남편 때문에 그 책임자인 군부 실력자를 손수 처단하려는 도시게릴라 여전사의 여정을 그린 이 소설 작품과 나의 향수가 도무지 무슨 관계가 있단 말인가. 낭만주의와 리얼리즘 사이를 오락가락하는 '리버럴'의 회고 취미일까. 영화 〈의형제〉에서 남파된 거물 공작원 '그림자'(전국환 분)가 내뱉는 말 "감상적인 새끼들"의 손가락질은 나 같은 자를 가리키는 것은 아닐까.

지은이 레지(스) 드브레(Régis Debray)는 지식인, 실천가들 사이에서 호오가 갈리는 사람이다. 그에겐 전설이 있으며 흠이 있다.

우선 전설. 그는 쿠바 혁명이 한창이던 1965년 스물다섯 살 때 라틴 아메리카로 날아가 체 게바라의 동지가 되어 총을 잡는다.

그리고 흠. 그는 변절자라는 구설수에 시달렸다. 체포되어 30년 징역형을 받았지만 드골 정부와 국제적인 사면 운동에 의해 풀려나 귀국한 데 대해 여러 사람이 의심의 눈초리로 그를 보았다. 나는 이 경과에 대한 설명을 학부 시절 어느 경제학 교수로부터 '에콜 노르말 쉬페리외르 출신은 함부로 죽이지 못한다.'는 개떡 같은 부가 설명과 함께 들었다. 속으로 〈괴물〉의 박해일 씨처럼 "좆까!" 하고 말았지만 나 원 참, 그럼 고등사범 출신이 아니면 함부로 죽여도 된다는 말씀?

이 책은 소설이다. 나는 이 소설을 '내 생애의 소설'로 친다. 나의 20대는 이 소설로 해가 떴고 이 소설로 해가 졌다. 어떨 때는 이 소설의 구절들을 마치 셰익스피어인 양 암송할 지경이었다. 이 소설의 레토릭 등은 온전히 지은이로부터 유래한 것이지만 나는 이 소설의 옮긴이인 일면식도 없는 오영주 선생을 덩달아 사모하기까지 했다.

정말 매혹적인 작품이었고 나의 소견으로는 번역도 빼어나고 아름다웠다. 훗날 출판에 종사하게 되었을 때 나는 옮긴이 오영주 선생을 수소문하고 찾아 헤매고 다녔다. 내가 가장 심혈을 기울여 고른 불어권 책 기획의 옮긴이는 꼭 그여야만 하겠다고 마음먹었기 때문이다.

어떤 텍스트에 담긴 지은이의 영혼과 옮긴이의 영혼이 화학적으로 결합해 읽는 이의 영혼의 심지에 불을 지폈다고 말할 수 있다면, 나는 이덕희 선생과 칼릴 지브란의 『부러진 날개』, 안정효 선생과 카잔차키스의 『영혼의 자서전』, 김산해 선생과 『길가메시 서사시』 그리고 바로 오영주 선생과 레지스 드브레의 『불타는 설원』을 서슴없이 든다.

지금은 누렇게 바랜 종이 위에 활판으로 찍힌 그의 프로필에 쓰인 그의 모교 서울대학교 불어불문학과 사무실에 전화까지 해 보았다. 그렇게 알아낸 그에 관한 마지막 정보는 당시에 프랑스 유학을 떠났다는 것뿐이다. 아직까지도 그 밖의 것은 알지 못한다. 혹시라도 근황에 대해 알고 있는 분이 있다면 일러 주셨으면 고맙겠다. 다른 뜻은 없고 오래 묻어 둔 고맙다는 말이라도 전해야 하겠기에. 나는 번역이라는 것은 문자적 의미를 옮길 뿐만 아니라 영혼을 감싸고 휘도는 그 무엇, 뭐라고 형언하기 힘든 영혼의 입자 또는 정령들까지 옮긴다고 믿는다.

프랑스 지식인 또는 작가의 글은 계몽주의 시대 이래로 신랄하고 날카로운데 레지 드브레도 예외 없이 그런 전통을 잇는다.

이 소설의 눈은 여느 눈이 아니다. 마치 텅스텐 울림통이 울리듯 경쾌하면서도 애잔하게 시작하는 아다모의 노래 〈Tombe La Neige〉의 '눈'과는 달라도 한참 다르다. 라틴아메리카 혁명의 무장투쟁이 치열했다는 뉘앙스를 담았다. 그러므로 '설원'은 그야말로 하얗게 불타는 혁명전쟁의 전장이다. 당연히 젊은 날 지은이의 역정이 반영되어 있다.

주인공인 여성 전사 이밀라는 남편 카를로스와 함께 싸운다. 군부독재 정권에 체포되어 이와 혀가 뽑히는 고문 끝에 처참하게 살해된 카를로스의 복수와 혁명을 위해 이밀라는 연인 보리스의 도움으로 군부의 실세이자 원흉인 모 육군 대령을 암살하기 위한 투쟁과 작전을 펼쳐 나간다.

나는 공병호 선생 식의 '실용 독서'(?)에는 반대하기 때문에 웬만해서
는 다이제스트를 피하지만 이 소설만은 자랑하고 싶어서 상당 부분을
인용하겠다.

선명한 붉은 밑줄이 그어진 활자에는 나의 청춘도 담겨 있다. 그때
도 눈은 내렸고 사랑을 했으며 불태우기도, 불타기도 했다.

"지적인 유혹을 받는 사람은 누구나 독서에 끼는 나쁜 지방과 사회주의
의 목적, 사회생활의 목적을 찾아 끝없이 헤매는 사이에 머리를 혼란시
키고 헛되이 헤매게 하는 비뚤어진 재기를 가지게 된다. 이러한 정신의
때를 가끔 땀을 흘려 씻어 버리지 않으면 안 된다."[37]

"이론은 살아 있는 시선을 가지지 않으니까. 사람은 피와 살을 지닌 존
재를 통해서만 한 사람—엄밀히 말하자면 하나의 이념—에 충실할 수 있
을 뿐이다."[38]

"나는 더 이상 구세주의 존재를 믿지 않는다. 위대한 사명이라는 것도
거의 믿지 않는다. 그러나 새벽이 오리라는 것은 언제까지나 믿을 것

---

37 • 레지(스) 드브레, 오영주 옮김, 『불타는 설원』, 한마당, 1988, 32쪽
38 • 위의 책, 34쪽

이다."**39**

"행동가에 있어서 미묘한 것이란 종말의 시작을 의미한다. 섬세로 시작하여 결국은 배반자로 끝난다."**40**

"다른 사람과 함께 옳기보다는 틀리더라도 사랑하는 사람과 함께하기를 더 좋아한다."**41**

"친구여, 허공에 머물러 있으면 그대는 철 이르게 썩어 버릴 것이네."**42**

"천지개벽 이래 한 사람의 아기가 탄생하기 위해선 아홉 달, 하나의 저항운동이 조직되기 위해선 이 년, 하나의 정당이 결성되기 위해선 십 년, 하나의 혁명이 성취되긴 위해선 삼십 년이 필요하다. 천지개벽 이래 한 명의 인간을 죽이기 위해선 일 초가, 하나의 조직을 파괴하기 위해선 몇 분이, 하나의 혁명을 뒤집어 버리기 위해선 하루가 필요하고 또 충분하다."**43**

39 · 위의 책, 37쪽
40 · 위의 책, 54쪽
41 · 위의 책, 73쪽
42 · 위의 책, 81쪽
43 · 위의 책, 117쪽

"진지한 사람의 불행은 무엇에라도 전부를 바쳐 버리는 것이다."[44]

"우리가 투쟁하는 것은 우리 자신을 위해서가 아닌가?"[45]

"살아남은 것을 후회하는 눈빛으로, 구조된 사람이 되돌아오는 이 추악한 세계, 사람들은 이 세계에서 살았거나 혹은 죽은, 파멸했거나 땅에 묻힌 희생자들에게 죄를 덮어씌우기 위해 항상 타협한다."[46]

"두 개의 자기를 지니고 있다는 것은 바로 자신을 사랑하기를 그만둔 증거였다."[47]

"그가 지금 하려고 하는 일은 이 세계와 인류의 역사에 속하는 것이 아니고, 명백하고도 비밀스러운 자연의 운동에 속하는 일이라고 생각했다. 계절이 바뀌고 씨앗이 자라 꽃이 피는 자연계의 깊은 생명력에 근거하여 그들이 아직도 꿈을 세울 수 있다는 것을 타산과 고철과 매연으로 가득 찬 이 세계에 증명해 보이고 싶었으리라."[48]

44 • 위의 책, 126쪽
45 • 위의 책, 150쪽
46 • 위의 책, 163쪽
47 • 위의 책, 184쪽
48 • 위의 책, 192쪽

"쫓겨 보지 않으면 시간의 귀중함을 모른다. 감옥의 죄수나 트랙의 선수가 아니면 일 초의 무게를 잴 수 없다."[49]

"하나의 육체가 죽으면 또 다른 육체가 반드시 되살아나며 죽음은 마음이 하는 변명, 고독한 마음의 허풍에 지나지 않는다."[50]

"몇 초 후 세 번째의 방아쇠를 당긴다. 육군 대령 아나야는 몇 번이고 무너졌다.

'내 이름은 이밀라. 카를로스의 아내.' 그녀는 되풀이한다. 그녀는 권총을 왼손으로 옮기고 오른손으로 가방에서 보라색 글씨가 쓰여진 흰 종이를 꺼낸다.

VICTORIA O MURTE

(승리냐 죽음이냐)"[51]

---

49 · 위의 책, 194쪽
50 · 위의 책, 219쪽
51 · 위의 책, 219쪽

프랑코 베라르디(Franco Bifo Berardi),
『The Uprising: On Poetry and Finance』, MIT press, 2012
한국어판 유충현 옮김, 『봉기』, 갈무리, 2012

　세계 여행 다니는 사람들 얘기를 들어 보면 (성급한 일반화의 오류 위험
이 있지만) 이탈리아 남성들은 특유의 다혈질을 십분 발휘해 시도 때도
곳도 없이 "들이댄다"고 한다. 자신의 파트너가 옆에 있든 말든 상대
방 파트너가 있든 없든 말이다.

　이탈리아의 급진적 사회운동가, 이론가들은 어떨까. '다혈질' 또는
조금은 난폭한 열정이야 저 유명한 토니 네그리 선생을 보면 알 수 있
고, 여기에 마피아적 파토스까지 더해 치열하게 들이대면서 싸운다.

그리고 피아트를 비롯한 전투적인 노조와 유럽 최대의 공산당이었던 이탈리아공산당의 투쟁 전통, 마르크스주의와 안토니오 그람시 동무의 혁혁한 사상교양 위에 굳건하게 두 다리를 딛고 있음은 물론이다.

나는 '삶-봉기'라는 조어를 쓰곤 하는데 지구상의 모든 생물은 본능적이든 작위적이든 생존을 위해, 그리고 다음 세대를 위해 싸운다는 뜻에서다. 균류의 포자생식조차 생존을 위한 아름다운 봉기다. 그리고 카를 마르크스보다 수학자 위너의 말을 되새긴다.

"어떤 체계에는 제어할 수 없는 것과 제어할 수 있는 것, 두 가지 변량이 있다. 제어할 수 없는 변량의 과거로부터 현재에 이르는 값을 바탕으로 제어할 수 있는 변량의 값을 적절히 정하고, 이 체계를 가장 바람직스러운 상태에 도달시켜야 한다."

내 생각에 혁명 또는 봉기는 그러기 위한 것이다 나의 '삶-봉기'는 어느 날 영감처럼 내린 게 아니라 '비포'라고 불리는 이탈리아의 실천가, 사상가 프랑코 베라르디의 영향을 받은 것이다.

그는 이 책에서 "자본주의 경제의 금융화는 노동이 그 유용한 기능에서 점점 더 추상화[분리]되고, 소통이 신체적 차원들에서 점점 더 추상화[분리]되는 것을 의미한다. 상징주의가 언어적 기표를 그 지시적·외연적 기능에서 분리해 내는 것을 실험했듯이 금융 자본주의는 언어적 능력을 내재화한 이후에 화폐적 기표를 물리적 상품들에 대한 지시적·외연적 기능에서 떼어 냈다."고 한다.

즉, 시(詩)어(기호)가 지시 대상과의 직접적인 관계에서 벗어나 자유롭게 사용되어 추상화[분리]되는 것처럼, 화폐(금융)도 1971년 금 태환 정지 선언 이후 물질적 대상과의 관계에서 벗어나 자유롭게 사용되어 추상화되었다는 것이다.

주식시장에서의 전광판 숫자의 움직임, 컴퓨터의 디지털화된 숫자들을 주로 다루는 외환 딜러 등처럼 화폐 교환은 순전히 언어적인 것이 되었다. 이렇게 변화한 자본주의는 언어가 불안정하듯 계속되는 불안정성 속에서 유지되고 운영된다.

비포가 말하는 '시'는 언어의 힘을 말하는 것이다. 우리가 일상의 삶 속에서 하는 자율적인 표현이다. 오늘 사회에서 광고, 사이버공간, 금융 등 언어적이지 않은 것이 없다. 우리는 이 시와 주체 간의 관계, 시의 신체성을 회복해야 한다.

신자유주의가 사회적 삶을 금융 알고리즘의 회로를 따라 흐르게 하는 장치라면, 다시 말해 삶을 수식화한다면, 그것은 디지털화된 기술-언어적 자동기제를 통해서이다. 사회적 소통의 가상화가 인간 신체들 간의 감정이입을 잠식했기 때문이다. 이때 봉기는 그러한 회로를 넘어 사회적·정서적 신체를 재구성하는 기능을 한다.

"작금의 현실은 착취와 복종의 결과다. 그렇다면 답은 명백하다. 형이상학적 부채에 대한 복종이 아닌 거부를 우리의 출발선으로 삼아야 하지 않을까? 그때 현실은 새롭게 구성될 것이고, 시는 우리의 무기가 될 것이다. 금융독재, 삶의 수식화에 맞선 언어의 탈자동화, 탈식민화로서의 시. 사회적 연대를 재구축하는 무기로서 시 말이다."

오래전의 것이지만 하이네의 봉기로서 시를 다시 읽어 본다.

슐레지엔의 직조공(Die schlesischen Weber)

침침한 눈에는 눈물도 말랐다.

그들은 베틀에 앉아 이를 간다.

독일이여, 우리는 너의 수의를 짠다.

우리는 그 속에 세 겹의 저주를 짜 넣는다.

우리는 철커덕거리며 옷감을 짠다.

우리는 철커덕거리며 옷감을 짠다.

첫 번째 저주는 하느님에게

추운 겨울에도 굶주리며 그에게 기도하였건만

우리의 바람과 기다림은 헛되었다.

그는 우리를 원숭이처럼 놀리고, 조롱하고, 바보로 만들었다.

우리는 철커덕거리며 옷감을 짠다.

우리는 철커덕거리며 옷감을 짠다.

두 번째 저주는 국왕에게, 부자들을 위한 국왕에게

우리의 비참한 삶을 본 체도 않고

우리를 협박하여 마지막 한 푼까지 앗아 가고

우리를 개처럼 쏴 죽이게 한다.

우리는 철커덕거리며 옷감을 짠다.

우리는 철커덕거리며 옷감을 짠다.

세 번째 저주는 잘못된 조국에게

이 나라에는 오욕과 수치만이 판을 치고

꽃이란 꽃은 피기도 전에 꺾으며

모든 것이 썩어 문드러져 구더기가 득실거린다.

북은 나는 듯이 움직이고 베틀은 삐걱거리며

우리는 밤낮으로 옷감을 짠다.

썩어 빠진 독일이여, 우리는 너의 수의를 짠다.

우리는 그 속에 세 겹의 저주를 짜 넣는다.

우리는 철커덕거리며 옷감을 짠다.

우리는 철커덕거리며 옷감을 짠다.

27 유리 천장 너머 하늘

개브리얼 제빈, 엄일녀 옮김,
『비바 제인』, 루페, 2018

처음에 루페 출판사 대표 강무성 선생으로
부터 책을 받고는 총 3부로 나누어 서평을 하
려는 거창한 계획을 피력했지만 살다 보니 말
이 씨가 된다고, 당시 유행하던 동영상 '속 터
지는 느림보 페널티킥' 꼴이 되고 말았다.

　내가 사는 곳 책 배송을 전담하다시피 하는 택배기사님의 문자에 보
낸 이가 '문학동네'로 되어 있어, 문학동네와는 어떤 인연도 비즈니스
도 없는데 이상하다 싶다가 받아서 황급히 끌러 보고서야 나의 사부이

자 선배, 페이스북 친구 강무성 선생의 연결고리 내지 알리바이를 파악할 수 있었다.

정석대로 띠지, 커버를 벗기고 아름다운 속표지를 감상한다. 띠지와 커버를 벗기는 까닭은 일체의 선이해(Vorverstehen, 이런 데다 독일어까지 쓰자니 철학 공부하는 분들 혀 차는 소리가 들리는 듯하다), 선입견을 물리치기 위해서다. 그러다 보니 '옮긴이의 말'이 전혀 없다는 것도 반가웠다.

어떤 '감'이나 분위'氣' 파악은 커버의 비주얼로 족하다. 사실 이 점에 있어서 나는 〈르몽드 디플로마티크〉가 사진을 쓰지 않고 일러스트를 쓰는 편집 방침을 전폭적으로 지지한다. 이 비주얼에 대해 나는 "여성의전화 성폭, 가폭 예방 캠페인 포스터에 써도 좋겠다."고 했는데 이 말은 내가 아니라 양성평등상담관으로 일하는 짝꿍이 한 말이다.

오늘, 한국 사회에서는 많은 남성들과 여성들이 마주친다. 일터에서 거리에서, 술집에서, 법정에서. 사건 사고도 잦다. 주먹다짐도 일어난다. 이러한 마주침에 대한 소설 안의 이야기를 보자.

> "루비가 말했다. '그거 알아요? 남자의 90퍼센트가—사람의 90퍼센트인가? 기억이 안 난다— 마주 걸어올 때까지 길을 비키지 않는대요.'
> 일 분도 안 되어 비즈니스 정장 차림의 한 남자가 프레니를 마주 보며 걸어왔다. 남자가 코앞 삼십 센티미터 앞까지 다가온 순간 프레니는 길

을 홱 비켰다.

프레니는 울상을 지었고 루비가 말했다. '너무 걱정하지 말아요, 프레니. 길을 비키는 사람이 몇 퍼센트는 있어야 할 거예요. 안 그럼 세상이…… 그 뭐라 그러지, 엄마?'

'무정부 상태.' 내가 말했다.

'무정부 상태가 되죠' 루비가 따라 했다."[52]

사실 무정부 상태 정도가 아니다. '만인과 만인의 투쟁'이 자고 새면 벌어지는 천하무도(天下無道)다. 게다가 남성들은 'φ'든 'Φ'든 꼿꼿이 세우고 도처에서 정면으로 쇄도해 온다. 남자든 여자든 정면충돌이 불가피해 보인다.

자크 라캉의 체계에서 상상적 남근은 소문자 파이(φ) 상징적 남근은 대문자 파이(Φ)다.

엄마와 아이를 매개시켜 주는 게 바로 상상적 남근인데, 아이가 어머니에게 의존하는 것은 자기에게 결여가 있기 때문이고 동시에 엄마 역시도 결여되어 있다고 아이는 생각한다. 이 둘의 결여를 메워 주는 것이 게 상상적 남근이다. 아이는 자신이 엄마의 남근이라고 생각한다. 엄마는 나 하나만 있으면 돼, 내가 엄마의 모든 걸 채워 줄 수 있어.

---

52 • 개브리얼 제빈, 엄일녀 옮김, 『비바 제인』, 루페, 2018, 143쪽

그런데 엄마는 자기가 아니라 엉뚱한 것에서 여전히 대상을 찾고 있다. 아이는 좌절하고 분노한다. 그 대상은 바로 아버지다. 엄마가 내가 아니라 다른 존재, 그것도 나보다 훨씬 강력한 존재인 아버지를 사랑하는 것을 보면서 아버지를 향한 경쟁과 증오의 심리가 나타나고 이것이 어머니를 향한 욕망과 갈등을 빚는다.

여기서 아이는 내가 남근이 되어야 하느냐, 아니냐를 고민한다. 남근이 된다는 것은 아버지에 대항한다는 거고, 사실은 남근이 될 수 없다. 그래서 상상적 남근이다.

수학 공식으로 표기하면 라캉에게 여성은 '$\forall x \Phi x$'로 정의된다고 할 수 있다. "여성은 전적으로 남근의 기표에 종속되는 것은 아니라는 것"을 뜻한다. 달리 말하면, 여성도 남근의 기표에 종속되며 여성도 아버지의 금지법에 따르지만 아버지의 금지법이 여성을 지배하는 전부는 아니다. '$\exists x \Phi x$'은 '남근 기능이 작동하지 않는 여성은 단 한 명도 없다'는 것, 즉 모든 여성은 적어도 부분적으로 남근 기능에 의해 결정된다는 것이다.

두 공식을 종합하면, 남성이 오직 남근적 향락만을 가질 수 있다면, 여성은 남근적 향락 외에 다른 종류의 향락을 가진다. 즉 남성은 오직 거세의 위협하에서 눈곱만큼의 향락만을 가질 수 있다면, 여성은 이러한 아버지의 금지법의 규제를 의식하면서 가지는 남근적 향락뿐만 아니라 전혀 다른 종류의 향락을 가진다. 라캉은 이를 '대타자적 향락'이라고 이름 붙였다.

이처럼 팔루스는 우리가 상실한 것이며 우리는 그것을 영원히 찾아 헤매지만 사실 그것은 우리가 가져 본 적이 없는 궁극적인 욕망의 대상이다.

욕망은 법의 존재 자체의 전제 조건이 된다. 초자아는 한편으로는 주체의 욕망을 규제하는 상징적 구조이기도 하지만 다른 한편으로는 욕망에 대한 몰상식하고 맹목적인 명령이기도 한데, 주체가 권위에 복종하고 자신의 욕망을 규제하기 위해 내재화해야 하는 기표는 그 자체가 법의 경계 너머에 존재한다. 우리가 어떤 것을 금지하기 위해 강력한 수단을 동원해야만 한다면 범죄를 저지르고자 하는 욕망도 그만큼 강력할 것이다.

사회에서 '억압적인 권력'을 능동적으로 지지하고 참여하는 구성원은 심리적으로 자신을 법으로서의 아버지와 원초적 아버지와 동일시함으로써, '향락'과 '쾌락'을 얻지 못하거나 박탈당하고 있다는 가정의 기인을 타자('소수' 집단)에게 돌린다.

소설 안으로 들어가 보자.

"당신은 그가 앉아 있는 곳으로 다가가 그에게 키스한다. 당신은 그를 원하는 게 아니다. 아무나 상관없다. 당신은 그를 위층으로 데려가고 고등학교 졸업 앨범과 연극반 시절 사진과 홍보지가 사방에 널린 자기

방보다는 손님방에서 섹스하는 게 낫겠다고 생각한다.

당신은 손님방에 들어가 문을 잠근다.

그는 확실히 경험이 많고 그건 다행이다. 당신은 섹스 스캔들의 주역임에도 불구하고, 도무지 서툴고 미숙한 그대로이다.

그의 손길이 닿을 때 당신은 쾌락에 몸을 떤다. 당신은 한 떨기 풀잎이 된 느낌이고 그는 따뜻한 여름 바람이다.

'이렇게나 감미로운데.' 호르헤가 말한다.

당신은 월경을 거르지만 전혀 눈치채지 못한다.

(……)

당신은 낙태를 고민한다. 당연히 낙태해야지. 당신이 인생이라 칭하는 그 아수라장에 아이까지 보태야 할 이유는 그 어디에도 없다. 당신은 직업도 없고 배우자도 없다. 당신은 뼛속까지 외롭다. 그게 아이를 가질 이유가 되지 않는다는 사실은 당신도 안다.

당신은 여성의 선택권을 지지한다. 여성의 선택권을 지지하지 않는 사람에게는 절대 투표하지 않을 것이다."[53]

"대학교 마지막 학기에 당신은 성과 정치라는 정치학 세미나 수업을 수강했다. (……) 학기 중간쯤 수업이 끝나고 교수가 당신을 불러 세웠다.

---

[53] • 위의 책, 366~367쪽

'우리 페미니스트들한테 등 돌리지 말아요.' 교수가 말했다.

'내가 왜 페미니스트가 되어야 하죠? 그 온갖 일들이 벌어지고 있을 때 당신들 중 달려와서 나를 옹호해 준 사람은 단 한 명도 없었는데.'

'없었죠. 달려가야 했을지도요. 나는 어느 면에서는, 당신을 옹호하지 않는 것이 보다 큰 공공의 이익에 부합했다고 봐요. 그는 훌륭한 하원 의원이에요. 여성 문제에 대한 의견도 훌륭하고요. 완벽한 건 아니지만."[54]

마지막 인용에서 안희정 씨 사건, 안태근 씨 사건의 정황을 떠올리는 분들이 많을 것이다. 나는 그 '정치' 이슈뿐만 아니라 도처에서 벌어지는 성 정치의 억압적 현실을 떠올렸다.

"내가 대학교 1학년일 때 월경이 멈춘 일이 있었다. 6개월 동안 월경이 없는 끝에 나는 병원에 찾아갔는데 의사는 내게 골반검사를 제의했다. 그런 검사가 어떤 것인지 상상되지는 않았지만 내가 그런 검사를 원치 않는다는 것만은 확실했다. 나는 의사에게 생각해 보겠다고 말하고 캠퍼스를 가로질러 기숙사까지 걸어갔는데 기적처럼 다리 사이로 피가 흘러내렸다.

나의 이 일화는 여성의 정신과 육체에 대한 현대의학의 물질적 지

---

[54] • 위의 책, 370쪽

배와 공포스러운 통제력을 보여 주는 것이다. 『보지의 정치(Vaginal Politics)』라는 책에서 엘렌 프랭크포트(Ellen Frankfort)는 산부인과 병원의 정치를 다음과 같이 예리하게 묘사하고 있다. '나는 어린아이였고 그는 어른이었다. 나는 발가벗었고 그는 옷을 입고 있었다. 나는 누워 있었고 그는 서 있었다. 나는 침묵했고 그는 명령하고 있었다.'"[55]

55 • 첼리스 글렌다이닝, 「여성의 치유력」, Charlene Spretnak(ed.), The Politics of Women's Spirituality—Essays on the Rise of Spiritual Power within the Feminist Movement, Anchor Books, 1982.

28 액체 영혼의 흔적

앙드레 브르통, 황현산 옮김, 『초현실주의 선언』,
미메시스, 2012

이 글은 본디 『쉬르레알리슴 선언』[56]을 텍
스트로 한 것이었지만 황현산 선생님이 새로
번역 주석한 새 판본이 지난 2012년에 나옴
에 따라 인용문 등을 새로 갈은 것이다.

나는 솔직히 말해서 고등학생 시절에 상습적으로 본드를 흡입하고

---

56 · 송재영 옮김, 성문각, 1978

환각 상태에 빠져들곤 했다. 불량 서적(?) 때문이었다. 그 불량 서적은 삼중당문고의 랭보 시집과 프랑수아즈 사강의 소설들, 그리고 레이몽 라디게의 『육체의 악마』다. 책 내용보다는 그러니까 랭보와 사강의 이력, 그중에서도 녹색의 술 압생트 중독, 그리고 약물 중독의 이력만을 특화해 '코스프레' 했던 것이다. 랭보와 사강 두 작가로부터는 중독의 악습을, 라디게에게는 수음의 악습을 취한 셈이다.

나의 중독 상태는 예를 들면 육교에 올라가 지나가는 미니카처럼 작고 귀여운 자동차들을 집으려 한다거나 거울을 보고 초현실적으로 하관이 빨라져 카프카의 외계인 버전인 것 같은 모습의 괴물(물론 거울에 비친 나다)을 주먹으로 쳐서 거울을 깨고 손에 피를 흘리는 정도였다.

그나마 다행인 것은 죽지 않았다는 것이다. 아랫동네 사는 먼 친구 녀석은 공중화장실에서 흡입하다 사방 벽이 좁아져 오는 환각 때문에 벽을 주먹으로 치다가 기절했다. 그는 피투성이 주먹을 감싸 쥐고 비닐봉지를 뒤집어쓴 채 주검으로 발견되었다.

환각 상태에서 시작(詩作)을 하겠다는 건 불행 중 다행이자 그나마 기특한 생각. 환각 상태에서 달과 나눈 대화를 시로 옮긴 것을 서른 살 즈음까지 가지고 있다가 버렸다. 그때의 작법이 바로 초현실주의자들의 '자동기술'이다. 따라서 이 책은 본드 환각 시작법의 텍스트로 내가 채택한 셈이다.

돌이켜 곰곰 분석해 보면 수학 과목이 끔찍하게 싫어서(수학을 지지리도 못해서) 공부 자체가 하기 싫었고, 하기 싫은 공부로 나를 얽매고 옥죄는 학교가 싫고 두려워서였던 것 같다.

아무튼 자기합리화의 타산지석치고는 다소 버거운 텍스트였지만 눈이 번쩍 뜨이는 문장들로 가득 차 있었다. 문학사에서 중요하긴 하지만 그다지 명문은 아니건만 나에게만은 보석같이 쏙쏙 박혔다.

"삶에 대한, 삶이 지닌 것 가운데 가장 덧없는 것에 대한 믿음, 그러니까 내 말인즉슨 현실의 삶에 대한 믿음이 계속되다 보면, 결국에는 이 믿음이 망가지기 마련이다. 인간이라는 이 돌이킬 수 없는 몽상가는 날이 갈수록 그만큼 더 자기 신세를 불평하고 어쩔 수 없이 사용하게 된 물건들, 무관심하게, 혹은 노력하여 떠맡게 된 물건들을 둘러보며 고통을 느낀다. 대개의 경우는 노력하여 얻게 된 물건들인데, 이는 그가 노동하기로 동의했기 때문이며 최소한 자기에게 주어진 기회(그걸 기회라고 부르다니!)를 싫어하지 않았기 때문이다. 그래서 이제 대견하게도 순수함이 바로 그의 몫이다."[57]

헌책이나 오랜 책을 들추다 보면 다른 사람이나 과거의 내가 쓴 메모를 발견하곤 하는데, 이 책의 성문각 판본에도 나의 메모가 남아 있다.

---

57 • 앙드레 브르통, 황현산 옮김, 『초현실주의 선언』, 미메시스, 2012, 61쪽

"가장 견고한 인간"이라니? 무슨 뜻일까? 수학 잘하는 인간? 그건 아닐 것이다. 본드를 흡입하고 시를 잘 쓰는 인간? 글쎄 잘 모르겠다.

그때 함민복 선생의 「말랑말랑한 힘」을 읽었다면 저런 얘기는 끄적이지도 않았을 텐데. 아닌가? 본드 같은 겔 상태의 흐물흐물한 힘을 추구했으려나?

이 책의 차례에는 "길을 걷는 여인에게 잘 보이기 위하여"라는 알쏭달쏭한 내용이 있고 아무런 설명 없이 점선이 채워져 있다. 그걸 채운 답시고 내가 이후로도 여러 차례 환각에 의한 자동기술을 시도했음은 물론이다. 후회하진 않는다. 그렇게 쓴 시도 내 영혼에서 숙성되었다가 나의 시어로 되살아났으니까.

인용한 "순수함이 인간의 몫이 된다."는 구절은 두고두고, 그리고 지금까지도 나의 화두가 되고 있다. 나는 스스로에 대한 주역점에서 겸(謙) 괘를 얻었다. '겸(謙)'은 여러 각도에서 볼 수 있는 의미를 가지고 있다.

동서고금의 풀이를 종합해서 나는 겸(謙) 자체보다는 '겸(謙)의 겸(謙)'을 추구하는 것이 좋고 유리하다는 잠정 결론을 내리고 있는데, 그것이 실제 인생에서 어떤 진면목으로 나타날지는 아직 미지수다.

29 자본이라는 흡혈귀의 그림자

브램 스토커, 이세욱 옮김, 『드라큘라』,
열린책들, 2000(신판)

브램 스토커의 『드라큘라』를 다시 읽으니 팀 버튼의 잔혹극 〈스위니
토드〉를 비롯해 영국 빅토리아 시대의 영국 제국주의와 자본가들의
흡혈 만행이 오버랩 되는 건 그렇다 치고, 날이 갈수록 천박하고 흉포
해지는 한반도 남반부 자본주의의 끔찍한 이미지들, 그리고 "사회적
공포 심리는 지배계급의 공포를 반영한다."는 한 말이 메아리친다.

어쩌면 오늘 코로나 바이러스의 위기와 공포도 새로운 이윤 창출을
노린 헤지펀드 등 국제 투기자본의 암약에 의한 것일지도 모른다는 불
안한 심증을 품게 한다.

엉뚱할진 모르겠지만, 오늘 한국의 조선학 씨(『드라큘라』의 주인공 조너선 하커의 한국 이름이라고 해 두겠다)의 일기에도 피비린내 나는 끔찍한 장면들이 펼쳐진다.

"너희가 어떻게 감히 이 사람을 건드리려 하지? 내가 그러지 말라고 분명히 말했는데도, 어찌 감히 이 사람에게 눈독을 들일 수 있단 말이냐? 다들 저리 가! 이 사람은 내 거야. 이 사람한테 괜히 집적거릴 생각하지 마. 너희는 나를 상대해야 되는 거야."

그 아름다운 여인이 음탕하게 아양 떠는 웃음을 물고, 돌아서며 그에게 대꾸했다.

"당신은 사랑을 해 본 적도 없고, 사랑을 하지도 않잖아요!"

"아니지. 나도 사랑을 할 수 있어. 옛날하고는 다르다는 걸 알아야지. 안 그래? 좋아, 내 너희들에게 이제 약속하지. 내가 저 친구하고 볼일을 끝내고 나면 너희들 마음대로 키스를 해도 좋아. 자 이제 가거라, 가! 나는 저 친구를 깨워야겠다. 할 일이 있거든."

"오늘 밤에 우리에게 뭐 줄 거 없어요?"

여자들 중의 하나가 나지막한 웃음소리를 내며 물었다. 그러면서 그 여자는 백작이 땅바닥에 던져 놓았던 자루를 가리켰다. 그 안에는 뭔가 산 것이 들어 있는 듯 꿈틀꿈틀 움직였다. 대답 대신에 백작이 머리를 끄덕였다. 여자들 중의 하나가 앞으로 껑충 뛰어가 자루를 열었다. 내

귀가 잘못된 것이 아니라면 거기서 들리는 소리는 숨이 막혀 고통스러워하는 아이의 헐떡거리는 소리와 가녀린 흐느낌이었다.

여자들은 형체가 희미해지면서 달빛의 빛줄기에 실려 창문을 통해 빠져나간 것 같았다. 한순간, 그 여자들의 형체가 완전히 스러지기 전에, 밖에 희미하게 그림자 같은 형체가 보였던 듯도 하다.

그런 다음, 엄청난 공포가 나를 덮쳤고 나는 의식 불명의 상태로 빠져들었다.[58]

대한제국 말기였으면 일제의 귀족 작위를 받았음직한 자본가가 말한다. "문재인 정부, 이건 내 거야."

의회 배지를 단 예쁘장한 여인이 아양 떠는 웃음을 물고 그에게 대꾸했다.

"정경유착, 그런 사랑은 할 줄도 모르고 하지도 않을 거라면서요."

"옛날하고는 다르다는 걸 알아야지. 손대지 마. 감히 무엄하게 어따대고 빨대를 꽂으려고? 이 사람을 이용해서 내 자본 축적과 증식 과정이 끝나면 그때는 피를 빨아도 돼."

직원 최저임금도 못 챙겨 주면서 어디 가서 사업한다고 거들먹거리는 자영업자와 유치원 원장들이 말했다.

58 • 『드라큘라』 73~74쪽 조너선 하커의 일기, 「시간이 흐른 뒤 5월 16일 새벽에」 중에서

"우리에겐 뭐 줄 거 없어요?"

드라큘라 백작이 땅바닥에 던진 자루에서는 아이들의 헐떡거리는 소리와 흐느낌이 들려왔다.

백작은 비정규직 노동자 조선학 씨의 목을 물고는 피를 빨았다. 그는 차츰 의식을 잃어 갔다.

크리스마스 캐럴이 채 가시기도 전에 흡혈귀 자본의 검붉은 망토 자락이 여전히 분주하다.

30 강철과 피의 휴머니즘은 가능한가?

스탈린(スターリン), 服部麦生 옮김,
『레닌주의의 기초(レーニン主義の基礎)』, 民主評論社, 1945

내가 스탈린주의자였을 때 교지에 쓴 글을 되새김질한다.

뜬금없이 이렇게 되새김질하는 이유는, 사람은 '들어오고 나감'을 분
명히 해야 하기 때문이고 내가 속한 소위 86세대에 대한 비난 중의 하
나, 그러니까 어떤 고백이나 반성도 없이 사상적으로 표변했다는 힐난
이 없지 않았기 때문이다. 사실 이런 비난이나 힐난은 나의 네이버 블
로그 어떤 이웃 블로거의 '사사방' 지은이 이진경 선생에 대한 것이었
지만(어떤 고백이나 해명도 없이 스탈린주의에서 포스트모던 사조로 옮아갔
다고) 아무튼 나로서도 비껴갈 수는 없는 비판이므로 한 매듭짓고 가자

는 뜻에서다.

나중에 빠져나갈 구멍을 만들어 놓는 건 아니다. '오서독스' 따위야 잊고 버린 지 오래지만 여전히 그 '과학'을 붙들고 있는 건 사실이니까. 하지만 부끄러운 글이긴 하다. 막스 베버와 마르크스, 구조주의의 개념, 용어가 혼재되고 레닌과 루카치, 그람시, 알튀세르 사이를 왔다 갔다 한다.

변혁기의 인간주의

혁명운동의 한 시기를 이루는 계급동맹의 단계에 있어 인간주의는 다소 혼란스러운 이념형이다. 왜냐하면 앞으로 전환되고야 말 모순의 적대적 형태가 그 속에 녹아 있기 때문이다. 따라서 혁명적 실천이라는 관점에서 인간주의란 이데올로기 투쟁에 의해서 부단히 정정되고 급기야 민중의 옹호라는 결정적인 심급으로 확정되지 않으면 안 된다. 민중의 옹호라는 심급은 확고부동한 계급적 관점을 의미한다. 그것은 허구적인 보편적 인간주의와 개인윤리적 인간주의를 격파함으로써 해방에 복무하는 인간주의로 될 수 있는 것이다. 레닌은 다음과 같이 말하고 있다.

"비당파성은 부르주아 사회 내에서는 단지 배부른 자들의 당파에 대한, 지배자들의 당파에 대한 지지의 기만적인 은폐된 소극적 표현이다. 비당파성이란 부르주아적 이념이다."

투쟁 의지와 적개심, 심지어 전술적 테러리즘까지 인간주의에 수용될 수 있는 것은 바로 이러한 이유에서다.

루카치는 초기에 '부르주아의 악과 프롤레타리아의 선'이라는 이원적이고 관념적인 윤리 의식을 언급했다. 그러나 이러한 견해는 진정한 해방적 인간주의와는 다른 기계적이고 자의적인 것이다. 혁명운동이란 전면적인 이행을 뜻하며 그때의 인간주의란 낡은 생산관계와 구조 전체를 바꾸어 버림으로써 적대계급으로서 반인간주의 진영에 있던 자들까지 해방하는 탁월한 도덕운동이지 일면적으로 악마의 세력을 섬멸하는 것이 아니다. 그러므로 루카치의 이런 견해야말로 혁명의 정당한 폭력과 프롤레타리아 독재를 빌미로 삼아 해방의 이념을 중상모략하려는 자들에게 빌미를 제공하는 과오다.

한편 세계의 비참과 비인간성을 자신의 내면으로 몽땅 회수해서 "내 탓이로소이다"를 외치면서 실존적인 자각, 무조건 사랑과 박애를 말하는 사람들은 그 눈물겨운 노력에도 불구하고 부르주아 이데올로그들의 사상적 음모에 놀아나고 있다. 부르주아 이데올로그들은 초상집에 와서 악어의 눈물을 흘리는 조문객으로서 그들의 어깨를 감싸 안으며 '인간적인' 위로를 아끼지 않을 것이다. 그 휴머니스트들의 눈물 홍수에 떠내려가는 것은 민중이라는 것은 참으로 가슴 아프지만 냉엄한 현실이다.

어떤 철학자들은 인간주의가 대체 무엇을 지칭하는지를 따져 보기도 하고 현실의 억압이 말의 혼란에서 비롯되었다고 주장하기도 한다. 그들이 상투적으로 말하는 게 무엇인지 모리스 콘포스는 이렇게 폭로하고 있다.

"'노동이니 자본이니 이윤이니 착취니 하는 따위의 말들은 이제 좀 그만 지껄이지 않겠나? 그런 말들은 자네들을 선동하려는 선동가들이 만들어 낸 의미 없는 말들이라네. 인간 대 인간으로, 아담 대 아담으로 함께 얘기해 보지 않겠나? 그래서 서로 이해해 보는 게 좋지 않겠나?' 확실히 이것은 사용자 측이 자주 사용하는 논법이다."

넘쳐흐르는 인간에 대한 사랑, 서로 아끼고 위하는 사회의 건설을 추구하는 사람이라면 계급을 문제 삼지 않으면 안 된다. 사랑, 미움, 기쁨, 욕망, 슬픔, 쾌락 등 온갖 복잡하고 다양한 인간적 요소들을 올바르게 파악하려면 인간의 현존을 내면으로 환원해서는 안 된다. 적대 계급의 지배 의지는 결코 인간적이지 않으며 우리는 그것을 꺾고 민중의 지배와 권력을 세우려 하기 때문에 우리의 인간주의는 철혈(鐵血)의 인간주의가 되어야 한다.

그 철혈의 인간주의가 요구하는 고통과 자기희생은 '인간적'이라는 감정적 어조로 말해도 좋으리라. 그러나 그 고통과 자기희생의 굳은 혁명 의지를 굳이 '인간적'이라고 부르지 않으려는 우리의 역설은 결코 값싼 감상은 아닐 것이다.

루이 알튀세르(Louis Althusser),
『Reading Capital』, Verso, 2016(개정신판)
한국어판 『자본론을 읽는다』, 김진엽 옮김, 두레, 1991

Reading Capital
The Complete
Edition

Louis Althusser,
Étienne Balibar,
Roger Establet,
Pierre Macherey
and Jacques
Rancière

1986년으로 기억한다. 대학원 진학 준비를 한답시고 과천도서관에 틀어박혀 루카치의 『역사와 계급의식』 영어판 첫 장 'What is orthodox marxism?'을 붙들고 씨름했다. 그 결과는 변변하지 못한 루카치 사상에 대한 학부 졸업논문이었는데 그때 왜 그랬느냐고 묻는다면 솔직히 말해서 턱없이 '오서독스(orthodox)'에 갈급했기 때문이라고 대답하겠다. 그런 의식의 흐름에 하필 루카치의 텍스트가 딱 들어맞았던 것일 뿐이었다.

훗날 나는 루카치를 버렸지만 루카치 사상이 '말짱 도루묵'이라고 주장하지는 않는다. 그의 『사회적 존재의 존재론』은 정독과 재조명의 가치가 필요 충분하다고 생각한다.

시장지상주의 유일신교와 간단없는 투쟁에서 현대의 선배 철학자들이 에피쿠로스(카를 마르크스가 박사 학위 논문에서), 스피노자(토니 네그리의 경우)를 호명하고 부활시킨 것처럼 루카치를 명단에서 배제할 이유는 없다고 본다.

"에피쿠로스는 삶과 죽음에 대해서 다음과 같이 말한다. '모든 불행들 가운데 이른바 가장 끔찍한 불행인 죽음은 우리에게 아무런 의미도 없다. 왜냐하면 우리가 현존하고 있는 동안에 죽음은 현존하지 않기 때문이다. 그러나 죽음이 닥치면 우리는 더는 현존하지 않는다.' 루크레티우스가 신에 대한 믿음을 가질 때 반드시 뒤따를 수밖에 없는 현상인 두려움에서 인간을 해방시킨 사람으로 에피쿠로스를 찬양한 것은 그러한 세계관을 지지하기 위해서이다.

에피쿠로스학파는 완전히 고립된 채로 줄곧 통속적인 쾌락주의로 비난을 당했다. 이것은 열정적인 종교적 욕구가 지배하는 시대에 근본적인 현세적 존재론이 겪을 수밖에 없는 운명이다."[59]

이후로 30년 가까운 세월, 내가 성숙했는지 노회했는지는 나 스스로

---

59 • 게오르그 루카치, 권순홍 옮김, 『사회적 존재의 존재론 1』, 아카넷, 2016

도 잘 모르겠지만 'orthodox' 따위는 까맣게 잊고 살았다. 그리고 세상에서 'orthodox'는 어느 모로 보나 누구에게든 어디에서든 메아리 없이 공허한 빈말이 되고 말았다.

바야흐로 모든 진보 사상의 용도 폐기가 천명된 지 이미 오래되었다. 그게 아니라고 소리쳐 봐야 부질없는 시절이다.

그런데 남한의 지식분자들 사이에서 갖은 포스트모던 사조와 사이비 과학에 물들어 마르크스주의 (비판이 아니라) 중상모략, 마르크스주의와 더불어 인류 정신사에 유의미한 사상운동이었던 프로이트주의 등도 싸잡아 폄하하고 매도하는 무지몽매한 작태가 벌어지고 있다.

나는 마르크스주의가 선명하고 참신한 경제과학이자 역사과학이라고 주장하며 작금의 바바리즘 속에서 '레닌 재장전'뿐만 아니라 '알튀세르 재장전'이 필요하다고 주장한다. 알튀세르는 마르크스주의의 제세동기다. 알튀세르는 죽어가는 마르크스주의를 살려 냈다. 그의 명저 『자본론을 읽는다』[60]를 다시 읽는다.

"우리는 그릇된 답뿐만 아니라 무엇보다도 먼저 그릇된 문제의 반복이 많은 사람들의 정신 속에서 생산해 낸 오래된 '명증성'에 대해 거의 홀로 대항해야 한다. 우리는 새로운 장소에서 새로운 공간을 열기 위해, 즉 미리 답을 예단하지 않고 정확히 문제를 제기하기 위해 필요한

---

60 • 한국어판 두레, 1991, 완전한 영어판 Verso, 2016

공간을 얻기 위해, 이 이데올로기적인 문제, 따라서 필연적으로 폐쇄된 공간을 떠나야만 한다."

"하나의 개념 또는 하나의 간단한 명칭에 의한 이 지시의 양식이 어떠하건, 우리는 역사 일반을 결코 인지할 수 없으며, 오직 어떤 것의 역사만을 인지할 수 있을 뿐이다."

"'결론'을 미리 내린 과학은 과학이 아니다. 왜냐하면 그것은 그 전제들에 대한 실제적인 무지이기 때문이며, 그것은 작동하고 있는 상상일 뿐이다."

알튀세르에 따르면, 프롤레타리아는 생산양식 속의 위치를 말하는 것이지 어떤 정신세계나 의식과는 아무런 관련이 없다. 프롤레타리아는 환상 속에 존재하는 게 아니라 현실에 존재하는 사회관계이다. 서두에서 언급한 루카치와 알튀세르는 이 점에 있어 대척점에 서 있다.

김지하 선생은 어느 지면에선가 에드워드 윌슨의 '통섭'에 대해 "지랄하고 자빠졌다"고 한 적이 있다. 이 무슨 파시즘이자 쇼비니즘이란 말인가. 요즈음에 김 선생께 똑같은 말을 되돌려주고 싶다. 이 사족은 마르크스주의와는 아무 상관이 없다. 다만 내가 하고 싶은 말은, 겉은 멀쩡하고 바른 소리 같아도 속은 또 다른 독단과 파시즘으로 가득 찬 험구를 지껄이기 전에 자기 안에 우상은 없는지 스스로를 먼저 돌아보자는 것이다.

알튀세르를 기억하며 또한 결코 잊지 않는 것은 안타깝게도 일찍 돌아가고 만 친우이자 동지 이병준이 자신의 논문에서 인용한 알튀세르의 다음과 같은 말이다.

"철학은 경향들 간의 전장이다.

새로운 관념과 말은 낡은 관념과 말에 대한 각고의 투쟁 속에서 자신의 입장을 정립하고 드디어 지배적 위치를 차지하지만 낡은 것은 완전히 제거되지 않는다. 언제든 무대의 전면으로 호출될 기회만을 노리면서 그것들은 무대 뒤에 잠복해 있다.

철학에는 오류가 없다. 그것은 전장이되 영원한 승자도 어떤 선험적 준거도 없는 끝이 없는 내기다."[61]

---

[61] • 이병준, 「알튀세르에 있어서 철학, 과학들과 정치 : "철학과 과학자들의 자생적 철학"을 중심으로」, 한신대학교 철학과 석사학위 논문, 1994

32 노동계급이여 새벽별을 노래하라

자크 랑시에르, 안준범 옮김, 『프롤레타리아의 밤』,
문학동네, 2021

이 글은 본디 영문판(Verso)을 읽고 쓴 것이
며 한국어판이 나온 뒤 몇 가지를 대조 확인
하였으며 골자는 크게 다르지 않다.

여러 알튀세리앵(알튀세르주의자) 중 랑시에
르는 알튀세르와 결별하고 자신만의 다른 길
을 걸었기에 다른 알튀세리앵들의 눈총도 받았지만 결국은 마르크스
주의자로서 '자본을 읽자'의 도원결의를 가장 성실하고 끈질기게 지키
려고 한 사상가로 남았다.

이 책은 랑시에르의 박사 학위 논문으로, 프랑스 파리의 노동계급문서보관소(이런 곳이 있다는 것만으로도 '사회주의의 조국'답다)에 있는 19세기 노동자들의 글을 분석한 것이다.

시인 정세훈 선생이 애쓴 끝에 한국에도 노동문학관이 세워졌다. 만시지탄이지만 매우 뜻깊고 중대한 일이며 지지하고 응원한다. 국가가 안 하니 노동자, 노동계급의 벗이 팔 걷고 나서야지 어쩌겠는가.

처음에 나는 글 대신 그림으로 이 책의 감상을 그렸었다. 하지만 책 내용과는 동떨어지게도 글을 읽거나 쓰는 게 아니라 막걸리를 마시는 노동자를 그려서 적잖이 민망하다.

하기야 한반도 남부에서 노동의 현실이 박노해 선생이 그렸듯 "새벽 쓰린 가슴 위로 찬 소주를 붓는" 데서 크게 달라졌다고 할 수는 없지만 말이다. 그렇다고는 해도 한국의 노동계급이 글과 아예 동떨어진 것은 아니다. 전태일 열사를 비롯한 여러 노동자들의 일기와 글뿐만 아니라 전순옥 선생이 자신의 워릭대학교 박사 학위 논문인 『"They Are Not Machine"-Korean Women Workers and Their Fight for Democratic Trade Unionism in 1970's』(2000)에서 다루었던 여성 노동자들의 글이 남아 있다.[62]

시인 백무산 선생은 랑시에르가 19세기 노동자들의 말과 글에서 발

62 • 한국어판 『끝나지 않은 시대의 노래』, 〈한겨레신문사〉, 2004

견한 것은 노동자로서의 삶을 벗어나고자 하는 인간의 꿈이었다고 했다. 그리고 "랑시에르가 발견한 노동자들, '사유하도록 운명 지워지지 않은' 가난한 사람들이 밤에 모여 신문을 만들고 시와 노래를 지으며 사회문제를 토론하면서 계급의식을 강화하여 현실적 저항을 조직하는 목적만이 아니라 노동자의 언어와 지식인의 언어를 나누는 경계를 넘어서서 '해방의 시간'을 꿈꾸었다는 것은 무엇을 의미하는가?"라고 묻는다.

랑시에르는 비참하고 고달픈 현실에 집착하기보다는 철학을 공부하고 시를 짓던 노동자들을 발견했다. 랑시에르에 따르면 노동자들은 스스로 노동 안에 갇히지 않았고, 자본주의가 명령하는 노동자의 자리를 위반하고 있었다. 노동자에게 요구하는 '자기 자리에서 노동에 충실한 삶'을 원하지 않았다.

그는 노동자 신문을 만들기 위해 재단사의 가게에 모인 노동자들, 노래 부르는 술집에서 부를 노래를 만드는 줄자 제작 노동자와 노래를 감상하고 평가해 주는 목수의 모임을 보여 준다. 또한 노예와도 같은 기계적 힘을 모으기 위한 잠을 뒤로하고 끊임없이 무엇인가를 쓰는 노동자들의 모습을 보여 준다. "노동자들의 밤은 학습과 몰입의 밤이며 배우고, 꿈꾸며, 말하고 쓰는 밤이다."

랑시에르가 발견한 노동자는 자신들을 노동자로만 간주하지 않고 다른 미래를 그리는 작가였다. 이는 각자의 자리에서 분수에 맞게 살라는 억압적 명령의 전복이다.

노동자들은 자신에게 주어진 '노동자에게 응당 기대되는 일상' 대신 읽고, 쓰는 존재 방식을 취하고자 했다. 이러한 노동자들의 '이중생활'은 과로사 또는 우울증을 초래하기도 했다. 그들은 자신에게 부과된 존재 양식을 거부함으로 얻게 된 새로운 사유 방식을 자신의 건강 또는 기대 수명과 맞바꾸어야 했던 것이다.

하지만 (한 도배공은) "자신이 마루판을 깔고 있는 방의 작업을 끝마치기 전까지, 그는 자기 집에 있다고 생각하면서 그 방의 배치를 마음에 들어 한다. 창이 정원으로 나 있거나 그림 같은 풍경이 내려다보이면, 그는 일순간 팔을 멈추고서 널찍한 전망을 향해 상상의 나래를 펴고 인근의 주택 소유자들 이상으로 그 전망을 만끽한다."

처음에 랑시에르는 노동계급 자료보관소에서 접한 자료들 속에서 "저항의 난폭한 표현"들을 예상했지만, 노동자들이 일요일이면 "두 명의 친구와 강가로 해 뜨는 것을 즐기러 가서 선술집에서 형이상학을 논하고 저녁에는 인본주의적이고 사회주의적인 자신들만의 복음을 옆 사람에게 전하는 것을" 보여 주는 자료들을 만나게 되었다. 그는 이러한 노동계급의 글들에서 모든 사람이 절대적으로 평등하며, 노동자들도 철학과 예술적 글쓰기를 할 수 있다는 사실을 것을 새삼 알게 되었다.

랑시에르는 『프롤레타리아의 밤』에서 노동자들이 철학을 꿈꾸고, 평등의 이상을 향해 헌신적으로 봉사하는 철학자, 시인일 뿐만 아니라 철학하고 이상을 향해 투쟁하는 공산주의자였다는 것을 발견했다. 모든 인민의 '지성적 평등'에 대한 랑시에르의 신념과 생각은 그가 목격한 노동자들의 삶과 열망에서 고취된 것이다.

랑시에르는 목수 루이 가브리엘 고니(Louis Gabriel Gauny)의 예에서 글을 쓰고 철학을 하는 노동자들에게 진정한 고통은 고통 그 자체라기보다는 "진짜 지옥, 시가 없는 지옥"의 노동자들의 삶을 생각하는 아픔에서 온다 말한다. 그는 그러면서 목수 고니의 글을 인용한다. "이제 우리의 회한은 이것이 추론되고 사고된 상태에서 그 극점에 달하고 있다."

랑시에르는 이 노동자 시인이 "자본의 욕망의 밤, 노동자에게 내일의 일만을 위해 요구되는 밤, 야만스럽게 만드는 잠자는 밤"이 아니라 "우리의 밤, 잠자는 대신 의식이 깨어 있는 사람을 위해 준비된 그림자들과 형상들의 왕국을 얻기 위해 말하고 있다"고 쓴다.

랑시에르는 책방 주인 티에리(Thierry), 구두수선공 발로(Boileau)가 더불어 산책하고 철학하는 모습을 묘사하면서 "이 세 친구의 사명은 당대의 시인들이 새로운 세계가 태동하는 것을 느낀 보편적 모험과 다르지 않다. 이들이 산책하던 1832년 5월의 일요일에, 우리의 세 프롤레타리아는 생시몽주의자로서 노동자들을 끌어들이는 사명을 취한 것이 아니었다. 그들은 자신들만의 자유, 모든 임금-노동자에게 격하

된 자유를 펼치기 위해 나왔다."고 덧붙인다. 그는 목수 고니의 시를
인용한다.

"형제여, 깨어나라

다시 용기와 힘을 가지자

다쳤지만 자긍심 넘치는 병사[인민에 대한 비유]들이여 다시 전투를
하자

네가 너의 마음 안에서 태동하는 너의 생각을 느낄 때

무감각한 군중의 소음을 무시하자

시인은 감흥을 받았을 때 위력적이 된다

너의 이마에 이 기호, 지성을 놓으신 신은

확실히 너를 위해 영광스런 운명을 예비하신다

네가 추구하는 목표를 향해 앞으로 전진하라, 너의 날이 가까이 왔다

앞으로 전진하라, 새벽별이 보이지 않느냐?

아, 우리, 창조주의 손에 의해 축복받은

풍요로운 인종이 넘어진다면

누가 세상의 구원을 위해 자신들을 희생하겠는가?

미래는 여전히 구원자의 피를 원하노라."

노동자들은 자신들이 제안한 급료가 정당함을 증명하고, 상대방 텍

스트를 논평함으로써 그것들이 사리에 어긋남을 증명하며, 노동자들 스스로 관리하는 작업장을 만듦으로써 파업을 경제적으로 조직하는 능력을 증명하는 것이 중요하다. 노동자들은 평등을 선언해야 한다.

또 노동자가 자본가, 정치인, 교수, 예술가, 언론인과 평등한 존재이며, 이들이 할 수 있는 일들을 노동자 또한 할 수 있음을 증명해야 한다. 노동자들이 세계를 '함께 나누고' '몫'을 나누어 갖는 평등한 위치에 있음을 선언해야 한다. 그리고 이 평등의 선언, 나눔의 선언은 '밤'을 넘어 '낮'의 시공간 속에도 존재해야 한다.

랑시에르가 노동자들의 글에서 우선적으로 주목한 것은 이들이 이른바 노동자적인 삶과는 전혀 다른 삶을 강렬하게 원했다는 점이다. 1830년 무렵에 20세 전후의 나이였던 이들이 7월 혁명 직후부터 시작한 최초의 작업은 노동자 신문 발간 및 시 창작이나 사회 정치 평론 활동 등이었다. 그런데 이들이 삶 속에서 경험하는 노동 현장은 곧 지옥이다. 노동자들도 읽고 생각하고 글을 쓰는 삶, 즉 '정신적' 삶을 살 수 있기를 원했다.

그런데 이를 위해서는 '시간'이 필요하다. 따라서 이들이 가장 고통스러워한 것은 정신적 삶을 위한 별도의 자유로운 시간이 절대적으로 부족하다는 점이었다. 목수 고니는 이렇게 적고 있다. "우리의 육체적 피로는 지적 피로를 수반하는데, 우리 스스로를 방어하며 우리가 사고할 수 있는 자유로운 시간이 너무도 적기 때문에 이는 우리의 지성을 손상시킨다."

랑시에르는 이들이 노동을 고통, 지옥, 감옥 등으로 받아들인다는 점, 그리고 자신들의 정직한 노동과 기술로 살아가고 있다는 자긍심과 노동에 대한 관념적 이상화는 별개의 문제로 인식하고 있다는 점이다. 가난한 하층민의 자식으로 태어나 이미 10대에 공장에 취업하는 것이 일반적이던 당대의 상황에서, 어린 노동자들이 가장 먼저 경험하는 것은 가혹한 신고식과 선배들의 '군기 잡기'였다. 이러한 '군기 잡기'는 가혹한 노동 환경에 어린 노동자들을 빨리 적응하게 만들고 노동자적인 삶의 고통에 순응하고 다른 삶의 가능성을 체념하게 만드는 사회적 기능을 갖고 있었다.

노동자가 같은 노동자를 '비천한' 노동자로 취급하는 것이 노동자들에게는 일종의 사회적 입문 의식이자 일상적 환경이었다. 각각의 사회적 신분에 걸맞은 사회적 역할을 지정하고 이를 절대시하거나 당연시하는 사회적 통념의 뿌리는 플라톤의 『국가』까지 소급된다. 사회적으로 지정된 역할의 절대화는 동시에 이에 상응하는 각 사회계급의 의식을 요구한다. 즉 노동자는 자신의 육체노동에 상응하는 한정된 의식을 필요로 하며, 이를 벗어나는 상상이나 사고는 무익하거나 위험한 것으로 간주된다.

이러한 인식은 인간인 노동자를 곧 노동력으로 환원하는 지배계급뿐만이 아니라 노동자 자신의 의식까지 지배한다. 일정 시점부터 이는 일종의 자연 상태, 즉 본질적으로 그러한 것으로 둔갑해 나간다. 노동자가 노동 이외의 것을 모르거나 무능한 이유는 그가 노동자이기 때문이라는 일종의 순환논법이 개개인의 습관과 감수성에까지 뿌리를 내렸기 때문이다. 랑시에르가 『프롤레타리아의 밤』에서 살펴본 재단사 마르탱 로즈, 계량용기 제조공 뱅사르, 오물수거인 퐁티, 목수 고니 등이 가장 먼저 직면한 문제는 바로 플라톤적 사회계급론과 위계질서를 부숴 버리는 것이었다.

이러한 시도는 근본적으로 민주주의적인 행위, 즉 만인의 평등이라는 원칙에 전적으로 부합하는 행위다. 1789년 프랑스대혁명이 일어난 때부터 구 귀족, 대부르주아, 소부르주아, 노동자, 농민 사이의 서로 다른 이해관계와 근본적인 사회적 갈등은 정치적으로 단 한 번도 제대로 해소된 적이 없었다.

정치적인 계급 타협을 표방하면서도 사실상 대부르주아를 대변하는 쪽으로 기운 지롱드파와 민주주의적 평등의 원칙을 우선시하며 소상공인과 노동자 농민 등 절대 다수 민중의 이해관계를 대변하려던 자코뱅파의 대립 이래, 나폴레옹의 권력 장악과 왕정복고기를 거쳐, 1830년 7월혁명에서조차 부르주아 계급은 노동자들을 배신했고 이를 경험한 노동자들은 독자적인 정치세력화를 본격적으로 모색하기 시작했다.

당대 노동자들의 인식 속에서 글쓰기는 노동자들이 보편적 인간임을 증명하는 행위였다. 이 행위는 전적으로 프랑스혁명의 기본적인 민주주의 원칙, 즉 보편적 민주주의 원칙에 실질적으로 부합하는 행위였다. 부르주아는 이를 말로만 떠들고 약속했지만 프롤레타리아는 이를 실천하고 현실화하고자 했다.

33 둘이라는 병

자크 라캉, 宮本忠雄, 関忠盛 옮김,
『둘이라는 병—파라노이아와 언어(二人であることの病い パラノイアと言語)』, 講談社, 1984

자크 라캉의 『에크리』 한국어판[63]이 나오기 전까지는 일본어판 에크리 선집에 의존해 라캉의 텍스트에 대한 목마름을 달랬다. 이 일본어판 선집이 나를 라캉으로 이끌었다.

처음에 라캉이라는 자를 사진(해변에 비스듬히 누워 웃통을 벗고 담배를 꼬나물고 있는)으로 만났을 때는 무척이나 '티꺼웠다'. '이거 어디서 굴러먹은 시러베아들 놈인가' 했다. 게다가 호주머니가 해진 옷을 입고

---

63 · 홍준기, 이종영, 조형준, 김대진 옮김, 새물결, 2019

해변을 쏘다닌 시인 랭보나 아무튼 어딘가 수심이 깊어 보이는 카뮈에 비하면 방금이라도 코냑을 병째 들이켠 것처럼 번지르르하고 매끈한 입술의 이 '부르주아꼬'한 골족(프랑스인)이 이만저만 티껍지가 않았다. 그러다 이 책 일본어판 선집의 제목『둘이라는 병』에 매혹되어 그의 세계로 빠져들었다.

　다음은 이 선집에 실린 라캉의 임상 사례다.

"1930년 4월 10일 밤 8시. 파리지앵들에게 인기가 높은 여배우의 한 사람인 Z는 그날 밤 자신이 출연할 극장에 도착했다.

그녀가 출연자용 출입구에 다다르자 한 번도 본 적이 없는 한 여성이 다가와 '당신이 Z씨죠?' 하고 물었다. 그 여성은 칼라와 소매가 모피로 된 녹색 망토를 입고 있었으며 손에 장갑을 끼고 핸드백을 쥐고 있었다.

말투로 봐서는 여배우가 하등의 의심을 할 여지는 없었다. 자기가 좋아하는 스타에게 가까이 가고 싶어 하는 팬들의 동경심에 대해 여배우는 습관적으로 알고 있었다. 여배우는 짧게 대답하고는 재빨리 극장 안으로 들어가려 했다.

그러자 그 여성은 여배우의 말에 의하면 갑자기 안색이 변해 재빨리 핸드백에서 꺼낸 칼을 들고 증오의 눈빛을 번득이면서 여배우를 향해 팔을 들어 올렸다. 이 일격을 피하기 위해 Z는 한쪽 손 전체로 칼날을 잡았고, 두 개의 손가락 굴근이 절단되었다.

여성은 그 자리에 있던 사람들에게 곧 붙잡혔다.

이 여성은 경찰관 앞에서를 빼고는 자신의 행동에 대해 설명하기를 거부했다. 경찰관이 묻는 인정신문에 그녀는 확실하게 대답했다(우리는 이제부터 그녀를 엠마 A라고 부른다). 그 외에 그녀는 말이 안 되는 소리를 계속 지껄여 댔다. 그녀의 말에 따르면 여배우는 몇 년 전부터 그녀가 관련된 스캔들을 일으켰다고 했다. 여배우는 그녀를 경멸하거나 협박했다는 것이었다. 여배우는 그와 같은 자신에 대한 박해가 아카데미 회원인 유명한 문학가 P. B.와 관련이 있다고 했다. 그가 엠마 A의 사생활을 '그의 저서 많은 부분에서' 폭로했다고 했다. 언제부터인가 A는 여배우로부터 그에 대한 해명을 들어야 한다는 생각과 감정을 품게 되었다. 그녀가 여배우를 습격한 것은 여배우가 도망치는 것을 보았기 때문이다. 만약 체포되지 않았다면 두 번째 공격을 가했을 것이다. 여배우는 그녀를 고소하지 않았다.

유치장에 있던 엠마 A는 생 나자르로 보내져 두 달 동안 수감되었다. 1930년 6월 어느 날에 법의학 감정보고서에 기초해서 그녀는 생 텐느 병원에 수용되었다. 보고서는 'A는 과대망상적 경향과 연애망상적 기질을 갖고 있으며 계통적 피해망상을 갖고 있다'고 결론을 내렸다. 우리는 그 병원에서 그녀를 약 1년 6개월 동안 관찰했다."

요컨대 라캉의 내담자 엠마는 팬이라고 자처하고 극장 앞에서 한 여배우를 호명한다. 여배우의 스캔들 속에서 엠마는 스스로를 피해자로 망상했고 여배우의 해명을 듣고자 했던 것이었다. 엠마는 여배우가 회피하고 극장 안으로 달아나려 했다고 주장한다. 엠마는 칼을 꺼내 그녀를 공격한다. 칼날을 손으로 잡아 막다가 여배우의 손가락이 절단된다.

여기서 공격의 대상, 단절 또는 끊어 냄의 대상은 여배우지만 실은 엠마의 분열된 주체였다고 나는 해석하고자 한다.

라캉은 기본적으로 자아의 인식을 망상적 인식으로 본다. 라캉에 따르면 인간은 자아 없는 정신분열증 환자로 살아야 한다. 라캉은 자아 자체를 상상계로 본다.

라캉 이론에서 소타자 a는 상상적 대상(나르시시즘적 대상, 엄마)이고 대타자 A는 상징적 대상(아버지)이다. 욕망은 영원히 채워질 수 없는 주체적 결여를 강조하는 개념이다. 후기에 강조되는 주이상스는 육체와 충동을 가진 인간이 체험하는, 그러나 결코 말로 표현할 수 없는 (충동) 만족을 강조하기 위해 도입되었다.

라캉은 욕망의 소외 상태에서 벗어나려면 환상을 통과해 그 배후에 있는 충동에 도달해야 한다고 말했다. 상징계와 상상계를 벗어나 실재에 도달해야 한다는 것이다. 바로 이것이 라캉이 말하는 환상의 통과, 즉 분석의 끝이다. 이런 이유로 라캉은 후기로 갈수록 충동 만족, 즉 주이상스란 개념을 서서히 도입한다. 주이상스는 고통 속의 쾌락이다. 중요한 점은 라캉의 주이상스란 순수한 충동 만족, 상상적 만족, 상징적 차원에서 이루어지는 만족, 고통 속의 쾌락 모두를 포괄한다는 점이다. 성적 쾌락도 주이상스이다.

초기에 라캉의 수련생이었다가 뒤에 라캉과 결별하는 임상심리학자 디디에 앙지외의 어머니는 피해망상에 시달린 끝에 자신을 박해한다는 당사자를 살해하려 실패하고 감옥에 투옥되었다가 피해망상증 진단을 받은 뒤 입원한 파리 생트−안느(Saint−Anne) 대학병원에서 라캉을 만난다. 그런데 라캉은 그녀를 치료하기보다 그녀의 사례를 자기 논문에 이용하기 위해서 그녀로부터 정보를 수집하는 데 골몰했고, 그 결과 앙지외의 어머니에게 갈등과 적대감만을 남긴 채 1년간의 치료를 마치게 된다. 앙지외는 뒤에 자기 어머니가 라캉의 환자였다는 사실을 우연히 알게 된다.

정신분석학이나 심리학을 공부한다고 해서 라캉을 꼭 읽어야 하는 것은 아니고 나처럼 심리상담을 공부한다고 해서 반드시 라캉을 읽어야 한다고 할 수는 없을 것이다. 하지만 지금까지 라캉을 읽고 이해하려고 애쓰는 도상에서 분명한 것은 마음으로 밀고 나가는 인문학이든 몸으로 밀고 나가는 인문학이든 지식(savoir)이 아니라 실천(pratique)이기 위해서는 라캉과의 대면이 불가피하다는 것이다.

성철 스님을 만나기 위한 3천 배만 할까마는 라캉을 만나기 위해서는 몸과 마음으로 통과해야 할 난관이 만만찮은데 첫째는 언어 장벽이요,

둘째는 믿을 만한 안내자, 곧 선생을 만나는가 못 만나는가 여부다.

아무튼 두 번째로 만난 것은 저 유명하고 기념비적인 영어판 에크리[64]다. 꼬집어서 그 이유를 대지는 못하겠지만 라캉의 문장들은 나의 폐부와 정곡을 찔렀다.

"'확실성과 초월성에 근거한 데카르트적 주체를 수용하는 것은' 프로이트적 우주라고 불릴 수 있는 것에 대한 접근을 거부하겠다는 것으로 볼 수 있다. 결국 프로이트는 그의 '무의식에 대한' 발견을 코페르니쿠스적 혁명과 견주게 되는데, 이는 '프로이트적 무의식이' 인간이 우주의 중심에 자신을 위치시킨 것을 다시 한 번 위태롭게 만든다는 점을 강조하기 때문이다."[65]

"거울단계는 하나의 드라마이다. 그 내부로부터 분출되는 힘(internal pressure)은 불충분함(insufficiency)으로부터 예기(anticipation)를 향해 갑작스럽게 나아간다. 그리고 '이 드라마는' 동일시에 사로잡힌 주체에게, 조각난 신체로부터 총체성(totality)을 가진 신체로 나아간다는 '환상(phantasy)'으로서 나타난다."[66]

---

64 • Écrits, the 1st complete edition in English edition 2006, translated by Bruce Fink, NY: W. W. Norton
65 • 위의 책, 516쪽

"정신분석학만이 '주체의 나르시시즘적' 애착이 언제나 풀었다 또다시 묶곤 하는 그와 같은 '상상적 노예 상태의 매듭(the knot of imaginary servitude)'을 인식한다. 그 같은 작업에 있어, 이타적 감정(altruistic feeling)이 어떤 것을 해결할 것으로 기대하기 어렵다. 오히려 우리는 박애주의자, 이상주의자, 교육학자(pedagogue), 그리고 심지어 개혁가들조차 그들의 활동 밑바닥에는 공격성(aggressiveness)이 놓여 있음을 드러내야 한다."[67]

나는 우선 브루스 핑크를 사사하기로 마음먹었고 그다음은 라캉 평전을 쓴 엘리자베트 루디네스코.

슬라보예 지젝은 일단 개무시하기로 했다. 그가 쓴 라캉에 대한 책 때문이라기보다는 코소보 사태와 관련된 그의 다른 글들(불어권 매체 기고)에 실망하고 분개했기 때문인데 아무튼 『How to read 라캉』은 보류 중이다.

그러고는 당연하지만 김석 선생이다. 고바야시 히로키 선생, 백상현 선생은 최근에 모신 믿을 만한 선생들이다.

---

66 · 위의 책, 97쪽
67 · 위의 책, 100쪽

34 공간의 생로병사

Esther M. Sternberg, 「Healing Spaces—The science of place and well-being」, The Eelknap press od Havard University Press, Cambridge, Massachusetts, London, England, 2009
한국어판 서영조 옮김, 정재승 감수, 「공간이 마음을 살린다」, 더퀘스트, 2013
가스통 바슐라르, 곽광수 옮김, 「공간의 시학」, 동문선, 2003
앙리 르페브르, 양영란 옮김, 「공간의 생산」, 에코리브르, 2011

　본의든 아니든, 생계 때문이든 개인 공부 때문이든 풍수지리 공부를 했고 풍수지리 공부가 한의학과 건축 공부로 번졌다. 이 세 책은 그중 기본서였다. 요컨대 공간 또는 건축이 인간의 사고, 정서, 행동에 미치는 영향을 과학적으로 규명하고 이를 바탕으로 더 나은 건축을 모색하는 것이다. 우리가 살아가는 공간이 몸과 마음에 영향을 끼친다는 상식에 과학적 근거를 제시하고 공간에서 심신의 근본적 치유 가능성을 제시하는 것이 목적이라고 할 수 있다.

그 골자는 정재승 선생을 비롯해 여러 사람의 과학자, 건축가 들이 쓴 유용한 글들이 상당하고 단행본『공간이 마음을 살린다』를 통해 대중적으로도 알려졌다.

이것과 관련한 인문적 주제와 쟁점을 모색하기 위해 내가 고른 기본서가 바로 과학철학자 가스통 바슐라르의『공간의 시학』이고 사회적 주제와 쟁점을 탐색하기 위해 고른 기본서가 앙리 르페브르의『공간의 생산』과 제인 제이콥스(Jane Jacobs)의『The Death and Life of Great American Cities』이다.

덧붙여 한의학과의 연관을 탐색하는 데는『황제내경개론(黃帝內經槪論)』[68]의 도움을 받았다.

개인적으로는 다음의 인용이 그와 같은 문제의식을 잘 대변한다고 생각한다.

> "파리에는 집이 없다. 포개어 놓인 상자들 속에서 대도시의 주민들이 살아간다. 폴 클로델은 사면 벽에 둘러싸여 이렇게 말했던 것이다: '우리들의 파리의 방은 일종의 기하학적인 장소, 우리들이 그림, 골동품, 장롱들을 갖춰 넣은, 장롱 속의 규약적인 구멍이다.' 거리의 번호와 층

---

68 • 龍伯堅, 백정의, 최일범 옮김,『黃帝內經槪論』, 논장, 1988

계의 층수가 우리들의 '규약적인 구멍'의 위치를 확정해 주고 있지만,
그러나 우리들의 거소는 그 둘레에 공간도 없고 그 안에 수직성도 없
다. '집들은 땅속으로 박혀 들어가지 않기 위해 아스팔트로 지면에 붙어
있다.' 집에 뿌리가 없는 것이다."[69]

이 점에 있어 가스통 바슐라르는 다음과 같은 점에서 일맥상통한다.

"모든 사물은 땅에 붙어 있는데 성실과 신뢰가 대중을 얻는다. 모든 몸
은 서로 연관되어 있는데 정직이 무리를 이끈다(萬物俯地 誠信者 得衆 萬
身行倫 正直者 師群)."[70]

니담(Joseph Needham)은 인체에서 기혈 순환의 경로인 경맥은 관개
(灌漑)를 위한 수로 등의 수리(水利) 모델이 그 원형이었다고 본다. 수력
공학의 용어와 유사한 용어, 천(川)이라든가 지류(支流), 방수로, 저수
지, 호수 등이 『영추』 안에 명시되어 있다는 것이다.

"12경맥은 밖으로 12경수에 부합하고 안으로는 오장육부에 이어집니
다. 무릇 12경수라는 것은 크기, 깊이, 거리에 있어 각기 다르고 오장육

69 • 가스통 바슐라르, 곽광수 옮김, 『공간의 시학』, 동문선, 2003, 107~108쪽
70 • 이제마, 박대식 옮김, 『격치고』, 청계, 2000

부의 고하, 대소와 받아들이는 곡식의 양도 다릅니다. 그것은 어떻게 서로 응합니까? (또한) 무릇 경수는 물을 받아서 운행시키고 오장은 신기혼백을 합하여 보관하며 육부는 곡식을 받아들여서 운행합니다. 경맥은 혈을 받아서 경영합니다."[71]

"사람에게도 사해가 있고 십이 경수가 있다. 경수는 모두 바다로 흘러 들어간다. 바다에는 동서남북이 있어 이를 사해라고 한다.(…) 사람에게는 수해, 혈해, 기해, 수곡의 해가 있다. 이 넷은 사해에 응한다."[72]

경맥을 '물길'에 비유하고 있는 것이다. 『관자』는 "물[水]은 땅[地]의 혈기(血氣)가 근맥(筋脈)으로 흐르는 것과 같다(水者, 地之血氣, 如筋脈之通流者也)"고 하고 있다.

---

71 • 『靈樞』卷三, 經水: 經脈十二者, 外合於十二經水, 而內屬於五藏六府. 夫十二經水者, 其有大小深淺廣狹近遠各不同, 五藏六府之高下小大, 受之多少亦不等, 相應奈何. 夫經水者, 受水而行之, 五藏者, 合神氣魂魄而藏之, 六府者, 受而行之, 受氣而揚之, 經脈者, 受血而營之

72 • 『靈樞』卷六, 海論: 人亦有四海, 十二經水. 經水者, 皆注於海, 海有東西南北, 命日四海. 黃帝日, 以人應之奈何. 岐伯日, 人有髓海, 有血海, 有氣海, 有水之海, 凡此四者, 以應四海也

35 죽은 이들을 위한 책

뮤리엘 루카이저(Muriel Rukeyser), 『죽은 이들을 위한 책』(The book of the dead),
West Virginia University Press, 2018

뮤리엘 루카이저는 싱글 맘, 미국 안팎을 막론하고 폭력과 압제가 있는 곳이면 어디든지 뛰어갔던 투사, 마르크스주의 활동가, 진실을 전하는 시의 힘을 누구보다 굳게 믿었고 삶의 굽이마다 타협하지 않고 치열하게 살아 낸 시인이다. 압제와 비극의 현장 어디나 달려갔던 루카이저는 스페인 내전에도 달려갔고 1970년대 박정희 정권 아래 민주화운동으로 투옥된 김지하 선생 석방을 위해 PEN 미국센터 회장 자격으로 한국을 방문했다. 1980년 루카이저가 죽자 〈뉴욕 타임즈(New York Times)〉는 대공황기, 파시즘, 2차 세계대전, 베트남전쟁에 이르는 20세기 미국 역사의 살아 있는 기록자였다고 하면서 그의 죽음을 애도했다.

그는 정치든 예술이든 어떤 형태의 편협한 순응주의에 대해서도 지칠 줄 모르는 반격을 감행했다.

『죽은 이들을 위한 책』은 미국 역사상 최악의 산업재해 참사 호크스 네스트 사건(Hawk's Nest Incident)를 다룬 '다큐멘터리 시' 작품이다. 1938년 『U. S. 1』에 담긴 스무 편의 연작시다.

호크스네스트, 혹은 골리 브리지 사건은 미국 웨스트버지니아(West Virginia)주 골리강의 합류 지점에서 수력발전소를 짓기 위해 터널을 뚫던 중에 발생한 미국 역사상 최악의 산업재해다. 터널 공사 중에 엄청난 양의 실리카(silica)가 발견되었는데 철강 생산의 중요한 재료였던 실리카를 캐기 위해 수많은 노동자들이 동원된다. 이윤을 많이 남기기 위해 무리한 공법을 써서 보호 장비를 제대로 갖추지 않은 채 공사를 진행함으로써 많은 사람들이 규폐증(silicosis)에 걸려 1927년부터 약 5년 동안 800명 가까운 노동자가 사망한다.

"이산화규소 이산화규소
가장 풍부한 매장층이죠.
C&O6)열차에 실려 알로이로 운송됐습니다.

너무나도 순수했기에

이산화규소를

그 사람들은 정제하지 않고 그걸 사용했어요."

"교차로의 카메라가 도시를 본다.

나무 판벽이 세워진 거리와 텅 빈 창문들,

텅 빈 거리의 손잡이도 없이 닫힌 문들,

그리고 구석에 서 있는 버림받은 검둥이."

"당신은 지금까지 당신 집 뒤뜰 한 곳에 35명의 사람들을 묻었나요?

의사들이 돌보지 않았던 35명의 터널 인부들이

터널 캠프에서 죽었지, 바위 아래에서, 그 모든 곳, 끝도 없는 세상에서,"

엄혹한 시대의 진실을 드러내면서도 시에서는 비극적인 서정이 배어 있다. 터널 폭파 작업 후에 쏟아지는 가루가 사람들과 숲, 막사 등 온 세상을 뒤덮을 때 그 새하얀 가루는 "밀가루를 흩뿌린 듯하며, 빛이 나는" 하얀 먼지는 "발목 주변에 예쁘게 내려앉은 것처럼 보였"기 때문에 누구도 그 위험성을 쉽게 알아차리지 못한다. 그리고 그 가루는 흑인, 백인 가리지 않고 모든 노동자들을 '공평하게' 덮어 버려서 얼굴색을 가린다. 노동 후의 만족스러운 피로감이 평등한 연대감으로 바뀌는 느낌이다.

밤샘 터널 공사를 한 후에 아침에 터널을 빠져나오면서 하루 노동을 마친 안도감에 밀가루 범벅인 듯 하얗게 된 서로의 얼굴을 보면서 환하게 웃었을 노동자들을 상상할 수 있다. 시는 노동을 마치고 흑인과 백인 노동자가 뒤섞여 터널을 나올 때 "가루가 우리를 뒤덮었고 가루는 흰색이었다"라고 맺는다. '풍부한', '순수한'이라는 낱말을 이산화규소(SiO2)와 함께 배치함으로써 잠재된 폭발적인 위험을 가시화했듯이, 시인은 이 지점에서 미국 역사에서 절대적으로 우월한 위치를 점해 왔던 '흰색,' 백인의 피부색이면서 순수를 상징한다는 그 흰색의 불온성을 날카롭게 갈파한다.

"비극적 광풍이 지나간 후에도
단 11개 주에서만 법률이 제정되어 있다.
오늘 백만 명의 잠재적 피해자가 있다.
현재 500,000명의 미국인이 규폐증을 앓고 있다.
이는 전쟁의 규모와 맞먹는다."

일곱 살 때 아버지를 규폐증으로 잃은 아이가 자라서 규폐증 예방 법안을 발의하는 의원이 되어 다수의 무지와 무관심과 싸우지만 규폐증이 서서히 폐를 막아 버리듯 법안 가결은 그리 쉽지 않다.

"부결된 법안, 부결된 조사

죽은 목소리를 덮어 버린다

그리고 미국 전역에선 백만 명이 일자리에서 바라보고 있으며

오십만 명이 서 있다"

현실처럼 시 속에서, 책임을 져야 하는 기업 회장들은 끝까지 의회 조사위에 출석하지 않는다. 그럼에도 비문에 새겨지는 글자를 통해서 어떤 일이 어떤 과정을 통해 일어났으며 어떻게 해결되는지를 보여 준다. 연작시의 마지막 시에 이르러 시인은 첫 시의 형식으로 되돌아가 다시 '길'을 비춰 보인다. 그리고 춘다. 마지막으로 "젊은 그대"를 부른다.

"과학을 믿는 사람인 그대,

우리의 시간을 다시 재어 보라"

시인은 역사의 비극에 대한 "반격"이 어떻게 가능할지를 탐색한다.

"이들은 이마에 안전등을 단 채

광석의 더 풍부한 단층을 향해 깊이 아래로 내려갔다,

자신들의 죽음을 파면서.

라듐과 반짝이는 독을 만지는 이들,

그들은 입술에 죽음을 달고 그 경고와 함께

자신의 무덤 속에서 빛난다."

광부들의 생계 수단이었던 광석, 더 풍부한 단층, 곧 부를 찾아 나가는 행위가 결국 죽음을 파내려 가는 행위가 되었던 그들. 그들이 이제 무덤 속에서 빛나고 있다. 저승 세계로 죽은 자가 품고 갈 편지를 이제 그들은 무덤에서 경고와 함께 내보낸다.

스무 편의 긴 연작시는 '이름'과 '길'을 호명하는 이 시가 결국은 "이 많은 사람들에 이르는 소통(communication to these many men)"의 방식이었고 "끝없는 사랑의 씨앗(seeds of unending love)"이라고 밝히면서 끝난다.

이 시를 읽는 행위는 이들의 삶을 다시 돌아보고 다시 살아 내는 행위다. 그 읽기 속에서 그들은 사후 세계로부터 우리 안으로 걸어 들어온다. 그들은 이제 무덤에서 빛날 것이다.

이 신의 증언은 인간 주체에게만 해당되는 것이 아니다. 루카이저에게 증인, 곧 제3자, '살아남은 자'는 인간뿐이 아니다. 물이나 산, 길 또한 제3자이자 살아남은 자로서의 증언한다. 문학에서 대개 수동적인 '배경'인 자연 풍경, 물이나 산, 댐, 마을 등이 자본을 앞세운 개발과 발전, 국가 건설의 역사 속에서 구체적이면서 독자적인 목소리를 내는 주체로 재탄생한다.

철학자 조르조 아감벤과 같이 이 지점에서 우리는 주체가 누구인지를 물으면서 '탈주체화'한다. "말을 못하는 자가 말을 하는 자에게 말하게 만드는 곳에서, 말을 하는 자가 자신의 말로 말함의 불가능성을 품는 곳에서 발생하며, 그렇게 침묵하는 자와 말하는 자, 인간과 비인간은 주체의 위치를 세우는 것이 불가능한 무구별의 지대, '나'라는 '상상의 실체'와 참된 증인을 식별하는 것이 불가능한 영역에 들어서게 된다." 그러므로 모든 증언은 "주체화와 탈주체화의 흐름이 부단히 가로지르는 힘들의 장이라는 점이 기억될 때만 유효하다".

이 시는 근대성의 체현으로서 문명과 인간, 자연과 인간 사이 불가분의 관계에 대한 좀 더 근본적인 성찰도 가능하게 하며 증언의 주체로서 풍경과 사물을 세우면서 국가 건설에 자연이 개입되는 방식을 적극적으로 설파한다. 루카이저의『죽은 이들을 위한 책』은 고대 이집트에서 미라와 함께 매장하던 사후세계 안내서가 아니라 지금 여기에서, 세월호와 가습기 살균제 참사 등에서 살아남은 자, 바로 우리에게 '삶의 길'을 알려 준다.

36 도시에도 체온이 있다

제인 제이콥스(Jane Jacobs), 『미국 도시의 생과 사
(The Death and Life of Great American Cities)』, Modern library, 1994

갖고 싶고 읽고 싶었던 책을 발견하고 손에 넣는 것이 헌책방, 그것
도 새 보금자리를 튼 지역의 헌책방 보물찾기의 하이라이트 아닐까.
도시건축과 도시설계 분야의 기념비적인 명저인 제인 제이콥스의 『미
국 도시의 생과 사』다. 예전 책 주인의 흔적을 만나는 것도 즐거운 일
이다. 건축 또는 도시 연구하는 아버지가 아들에게 선물했던, 또는 그
쪽 공부를 하는 아들에게 아버지가 선물한 책인 듯하다. 아무튼 이런
훈훈한 메모를 보는 것도 헌책의 매력이다.

나도 나의 딸아들에게 이렇게 책을 선물하는 걸 꿈꾸었고 어쩌다 이

젠 그저 꿈이 되고 말았지만 아무튼 아름다운 꿈이었다.

제인 제이콥스, 특별히 이 '미쿡' 할머니에게 호감이 가는 이유는 검정 뿔테 안경을 쓰고 공부밖에 모르는 '거울도 안 보는 여자', 순박한 '프레시맨'을 연상케 하는 그의 외모 탓이다. 하지만 그보다는 그의 책에서 미국의 '오디너리 피플'에 대한 애정을 읽었기 때문이다. 같은 시대 인민에 대한 사랑 말이다. 물론 그는 마르크스주의자와는 거리가 멀 뿐만 아니라 하워드 진이나 노엄 촘스키 같은 지식인과도 거리가 있다.

돌이켜 보면 공간, 도시, 건축, 풍수지리 등에 관심을 갖고, 어느 때부터인가 책읽기의 영역을 그쪽으로도 확장하게 된 것은 나의 어머니 덕택이다. 서울 인사동에서 옮아가 청계8가(황학동)에서 고미술상을 운영할 때 인근 헌책방에서 건축 전문 잡지 〈공간〉 과월호를 사들여 모아 주셨는데, 〈뿌리깊은나무〉나 무용 전문 잡지 〈춤〉은 가게 단골손님인 발행인 한창기 선생이나 조동화 선생과 우정이 반영된 구독이었지만 〈공간〉은 온전히 나의 교양독서를 위한 것이었다. 출판 편집자로 일하면서 한때 붐이었던 '풍수 인테리어' 전문 편집자가 되어 거의 '반풍수'가 될 정도로 상당수의 풍수지리 분야 책종을 책임편집 하게 된 것도 이때의 정신적 간헐유전이 아닐까 하고 생각한다.

자의 반 타의 반으로 풍수지리라는 분야를 공부하게 되었지만 전근

대적인 사고방식이나 신비주의의 함정에 빠지지 않도록 균형을 잡아
준 것은, 데이비드 하비, 앙리 르페브르, 가스통 바슐라르의 책 읽기였
다. 건축, 도시에 대한 관심사도 이러한 편력에 따라 이루어진 것이고
드디어 제인 제이콥스에까지 와 닿은 것이다.

전통 풍수지리 사상에도 레닌의 말을 빌리자면 "민주적 정수"가 있
는데 그것은 근대성의 무정(無情)과 대비되는 인간주의적이고 자연친
화적인 유정(有情)이다.

제인 제이콥스 또한 도시의 유정(有情)을 중시한다. 그는 르 코르뷔
제 식의 '빛나는 도시'가 몰락할 수밖에 없다고 보았다. 그 이유는 요컨
대 도시에서 밀도와 혼잡을 제거했기 때문이다. 적정한 밀도와 혼잡,
이를 통한 타자와 자연스러운 조우와 연민의 형성은 도시를 도시답게
만드는 필수 조건이라는 것이다. 제이콥스는 "르 코르뷔제의 유토피
아는 그가 최대의 자유라고 부른 것의 조건이었다. 하지만 여기서 코
르뷔제는 무엇이든 할 수 있다는 식의 자유가 아닌 일상적 책임으로부
터의 자유를 말하고 있는 것 같이 보였다. 아무도 자신의 계획을 스스
로 세우려 애쓸 필요가 없었다."[73]고 신랄하게 비판한다.

조금 다른 얘기지만 월마트나 까르푸가 한국 시장에서 지리멸렬 하
고 이마트가 꾸준한 성공을 거둔 이유는 쇼핑 카트를 끄는 '폼생폼사'

---

73 · 제인 제이콥스(Jane Jacobs), 『미국 도시의 생과 사(The Death and Life of Great
American Cities)』, Modern library, 1994, 22쪽

보다는 전통시장에서처럼 어느 정도는 밀치고 부대끼는 유정함이 한 국인의 정서에 더 맞는다는 진단이 있는데, 그렇게 허무맹랑한 이야기 는 아닌 것 같다.

특히 최근의 도시학자들은 '공간(space)'과 '장소(place)'의 의미를 구 분하면서 특정한 인간 삶이 발생하는 공간이자 뚜렷한 성격을 지닌 공 간을 장소로 규정한다. 세심한 고려 없이 도시를 마구 개발했을 때의 위험은 장소의 영혼을 잃어버리는 결과를 초래한다. 장소성을 훼손하 는 것은 실존적 삶의 흔적을 지워 버리는 것과 같다는 것이다. 다음 나 의 졸시 구절은 이 책 읽기에서 비롯되었다.

"누구든 파리보다는 서울에서 더 늙어 간다
손 한 번 못 잡고
눈꺼풀로 덮어 둔 길들은
어느새 갈아엎어지고
그는 새 양복을 입고 재혼했고
그녀에게 추억은 몇 벌 남지 않았다"
−「프랑스 양복점」

제인 제이콥스에 따르면 실존적 삶의 흔적이 상실될 뿐만 아니라 도 시가 기본적으로 담보하는 안전할 권리도 위협받게 된다. 도시의 거리에서 사람끼리의 연대가 살아 있으면 도시의 익명성으로부터 오는 불안을 경감시키며, 우리의 삶을 안전하게 할 뿐만 아니라 삶의 질을 향상시킨다. 그는 이렇게 쓰고 있다.

"허드슨 스트리트의 낯선 사람들, 자신의 눈을 통해 토박이인 우리가 거리의 평화를 유지하는 것을 돕는 동맹자들은 너무 많아서 매일 다른 사람들인 것처럼 보인다. 그러나 그런 건 중요한 게 아니다. 겉으로 보이는 것처럼 언제나 다른 수많은 사람들인지 아닌지 나는 알지 못한다. 아마 그럴 것이다.

지미 로건이 (드잡이하는 친구들을 떼어 놓다가) 판유리를 뚫고 넘어져 팔을 잃을 뻔했을 때, 술집에서 낡은 티셔츠를 걸친 사람이 나타나 신속하게 전문적인 지혈을 해 주었고, 병원 응급실 직원의 말에 따르면 지미의 생명을 구해 주었다고 한다."[74]

---

74 • 위의 책, 53~54쪽

37 계급 격차가 도시를 파괴한다

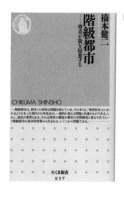

하시모토 겐지(橋本健二),
階級都市 格差が街を侵食する, ちくま新書, 2011
한국어판 김영진 정예지 옮김,
『계급도시-격차가 거리를 침식한다』, 킹콩북, 2019

이 책은 최근에 한국어판이 출간되었지만 굳이 일본어판을 주문해 읽은 까닭은 바로 외국어 '리프레시' 때문이다. 기회가 되면 자꾸 써먹어야 하지만 말하고 쓸 기회는 거의 없다시피 하니 읽기라도 꾸준히 해야겠다는 속셈이다. 물론 전방위적 공부에도 도움이 된다.

이 책은 일본의 중심으로 일컬어지는 글로벌 시티 도쿄의 경제 격차, 공간 격차를 계급 문제의 관점에서 보고 이 문제를 극복하는 바람직한 도시를 전망한다. 자본과 시장경제가 지배하는 도시의 현실을 극복하기 위해 젠트리피케이션과 투기, 재개발의 이면에 어떤 원리가 있는지를 밝히고 있다.

> "격차가 커지고 부유한 계급과 가난한 계급이 빈부 차이로 분단된 도시, 게다가 공간적으로 분리된 도시. 저는 이런 도시의 존재 형태를 '계급도시'라고 부릅니다. 계급도시는 전 세계 대도시에서 공통으로 일어나는 현상입니다. 그곳에는 전 지구화의 물결이 흐르고 격차 확대가 진행되고 있습니다."[75]

지은이에 따르면 '격차사회'는 경제 격차뿐 아니라 도쿄를 공간적으로도 분단한다. 도쿄는 에도의 성터를 경계로 동쪽이 저지대, 서쪽이 고지대를 이루며 그 사이에 수많은 언덕이 이어지는데 서쪽은 '야마노테'라고 불리며 에도 시대에는 무사들의 주택이 자리한 곳으로 근대에 들어 관청이나 대학 등이 세워지고 그 주변은 고급 주택지가 되었다. 야마노테는 근대화와 함께 서쪽으로 확장되어 예전의 전원 지역까지

75・橋本健二, 『階級都市 格差が街を侵食する』, ちくま新書, 2011

파고들었고, 지금은 고소득 자본가계급이나 신중간계급이 살아가는 주택지가 되었다.

이에 비해 동쪽은 '시타마치'라고 해서, 에도 시대부터 서민들의 일터이자 생활공간으로 자리 잡았고 근대화의 진행과 함께 상점가나 공장지대가 점차 늘어나 자영업자나 노동자계급이 살아가는 공간이 되었다. 소득이 높고 교육 수준도 높은 엘리트 계층은 '야마노테'(도쿄의 강남)에 살고 소득이 낮고 교육 수준도 낮은 하층 계급은 '시타마치'(도쿄의 강북)에 살아간다는 것이다. '야마노테' 아이들은 좋은 대학에 들어가 전문직이나 글로벌 기업에 일하는 엘리트 계층이 된다. '시타마치' 아이들은 대학 진학률도 낮고 좋은 직장도 얻지 못해 밑바닥 계층이 된다.

책의 본론과는 큰 관련이 없지만 여기서 잠시 일제강점기의 경성을 생각해 본다.

1920년대 중반 이후 식민지 수도 경성의 도시 공간의 변화를 주도하는 세력이 정치권력으로부터 경제권력, 특히 일본으로부터 유입된 상업·금융자본 세력으로 전환하게 된다.

그 원인의 첫째는 외적 요인으로서, 포드주의의 국제적 흐름 속에 다이쇼 시기 일본 사회에서 '모던 라이프'의 구성 요소로 등장한 대중적 소비자본주의 문화상품들이 일본 국내 경기의 불황을 타고 식민지 조선의 도시에 본격적으로 진출하기 시작했다는 점이고, 둘째는 조선인들의 자발적이고 열정적인 '근대 주체화'가 이루어지고, 산업화와 인구 증가로 시세가 확장되면서 경성의 문화적 소비시장 규모가 점차 커졌다는 점이다.

그 결과, 일본인은 물론이고 조선인들까지도 일본으로부터 직수입된 대중적 문화상품의 소비자로서 포섭되기 시작하면서 식민권력과 피식민 대중들 간에 본격적인 자본주의적 대중문화를 둘러싸고 새로운 상호작용 양상이 출현하기 시작했다.

1926년의 경성부청사의 이전과 1930년대 '조선공업화 정책' 실시에 따른 산업구조의 변화와 도시 중산층의 성장 등을 배경으로 하여, 경성 최대의 번화가인 혼마치(本町)를 중심으로 경성의 상점가 전반에 큰 변화가 일어나기 시작했다. 그것은 전반적인 도시 상권의 확대, 즉 경성부 내에 전반적인 상점가의 확대 움직임이다. 이는 대형 백화점의 신축·증축이 이루어져 상권의 확대를 추동했다는 점, 도시 중산층을 대상으로 한 유흥업종이 급속히 확산되어 갔다는 점을 말해 준다. 이러한 변화는 도시 전역에 걸쳐 점진적인 파급력을 가지고 이루어졌다.

이러한 자본주의화는 일제가 남긴 도시 주거의 유산 중 하나로 오늘날까지 이어지고 있는 속성이라 할 수 있다. 일제의 도시계획은 도시 빈민주거와 슬럼을 형성시키고 주택이 단지 '거주하는 장소'만이 아니라 '재산'으로 인식하게 하였으며 공동주택을 출현시켰다.

　또한 주택 공급의 부족과 급등하는 임대료로 인해 도시 외곽으로 밀려나야만 했던 이농민들이 마련한 토막민촌을 일제는 철거기보다 현지에서 수용하는 방향으로 정책을 수정하였는데, 관유지를 통한 철거민의 수용은 오히려 토막촌의 확산을 가져왔고 해방 이후 이른바 '달동네'의 역사적 뿌리가 되었다.

　지은이에 따르면 거주지 분리가 존재하는 사회에서는 계급 간 대립이 그치지 않는다. 기회의 평등도 보장받지 못하며 사회는 둘로 분열된 채 혼종문화도 생기지 않는다. 결국 격차가 작아져도 그 효과는 제한된다. 달리 말해 도시의 공간 구조를 바꾸어야 격차가 작은 사회가 실제로 가능하다. 따라서 경제 지표에 나타나는 격차의 총량만이 아니라, 지역 간 격차도 줄이고 소셜 믹스도 현실로 만들어야 한다고 지은이는 주장한다.

　격차가 커지고, 격차가 공간적으로 표현된 이른바 '계급도시'는 도쿄만의 일이 아니다. 전 세계 곳곳에서 격차가 큰 도시는 가난한 사람뿐 아니라 모든 사람의 건강이 나빠지고, 범죄율이 올라가며 사회 갈등이 증가한다. 반대로 격차가 작고 서로 다른 사람이 어울리는 '혼종도시'는 가난의 대물림이 줄어들고 서로 다른 문화가 교차해 개개의 발전이 공동의 발전과 연결된다.

오늘날에는 '도시에 대한 권리'라는 개념이 널리 퍼져 있다. 도시에 대한 권리 개념은 도시에서 실천 운동의 의제로서 유용할 뿐만 아니라 국가 단위로 사고되던 기존의 인권이나 시민권 개념에 새로운 지평을 제공하고 있다.

도시에 대한 권리 개념이 처음 등장한 것은 1968년 프랑스 파리, 앙리 르페브르에 의해서다. 68혁명의 와중에 발표된 그의 책 『도시에 대한 권리』에서 르페브르는 도시에 거주하는 주민 누구나 도시가 제공하는 편익을 누릴 권리, 도시 정치와 행정에 참여할 권리, 자신들이 원하는 도시를 스스로 만들 권리를 가지고 있다고 했다.

여기서 가장 중요한 원리가 바로 '전유(appropriation)'다. 전유란 사적 소유와 대비되며, 교환가치보다는 사용가치를 최대화하기 위해 도시 공간을 생산하고 정의하는 권리이다. 도시 공간을 재산, 즉 시장에서 교환될 수 있는 상품으로 보는 것은 전유와 대척점에 있는 것이다. 르페브르는 일상생활에서 도시 거주자들이 도시 공간을 완전하고 완벽하게 사용해야 한다는 점을 강조하기 위해 전유의 권리를 주장한다.

전유의 권리 다음으로 중요한 것이 도시의 거리에서 사람끼리의 연대를 되살리는 일이다. 도시의 거리에서 사람끼리의 연대가 살아 있으면 도시의 익명성으로부터 오는 불안을 경감시키며, 우리의 삶을 안전하게 할 뿐만 아니라 삶의 질을 향상시킨다.

하야시 후미코, 이애숙 옮김, 『방랑기』, 창비, 2015
가네코 후미코, 조정민 옮김,
『나는 나』, 산지니, 2017(전자책 리디북스)

두 후미코 씨는 한국어로 이름의 독음이
같을 뿐 다른 사람이다. 두 사람은 동갑내
기이긴 하다. 작가 하야시 후미코(林芙美子,
1903~1951) 선생과 아나키스트 독립운동가
박열 의사의 동지 가네코 후미코(金子文子, 1903~1926) 선생이다. 가네
코 후미코는 영화 〈박열〉(이준익 감독, 2017)과 옥중수기 『나는 나』로 익
히 알고 있었고 하야시 후미코는 페친 후지이 타케시 선생이 페이스북

글에서 프레카리아트(precariat)라는 역사 사례 중 하나로 거론해서 알게 된 책이다.

  가네코 후미코의 옥중수기 『나는 나』를 기차간에서 읽다 후미코가 헤어진 아버지와 만나 부녀가 우는 대목을 읽다 그만 남들 볼까 창피해 눈썹께를 손으로 가리고 눈물을 흘렸다. 핑계 없는 무덤 없다고 나의 어떤 과거 장면들이 오버랩 되어서였다.

  여러 차례 말했지만, 기리고 새길 만한 인물은 아무래도 박열보다는 가네코 후미코가 아닐까 한다. 그리고 상담의 관점에서, 영미 부르주아 심리학에서 지껄여 대는, 불우한 성장 환경과 일탈이라는 관점이 아니라 실존을 위협하는 제국, 권력, 남근주의에 치열하게 투쟁하는 존재의 함성, 자연주의적 봉기라는 관점에서 가네코 후미코는 분명 문제적 인물이다.

  가난으로 인한 불우한 환경과 불행한 가족사는 두 책의 공통된 배경과 쟁점이라 하겠는데, 두 여성의 생애 사건에서 이러한 배경을 바탕으로 나타나는 외적 표출은 사회정치적 행동 또는 예술(문학) 실천으로 대별된다. 사회정치적 행동이든 문학 실천이든 나는 두 가지 모두 '삶-봉기'라는 관점에서 본다. 나는 푸코의 '바이오 폴리티크'와 비코의 '봉기', 마오쩌둥의 '조반유리(造反有理)' 등을 결합한 개념으로 균류와 미역 같은 해조류의 포자생식과 마찬가지로 '생존을 위한 거룩한 봉기'라는 뜻으로 썼다.

물론 가난과 사회정치적 차원, 곧 봉기와 혁명은 기계적인 인과관계에 있지는 않다. 『트로츠키 전기』를 쓴 아이작 도이처에 따르면 "빈곤은 혁명 자신의 피이고 살이며 숨결"이지만 이에 대해 저명한 프랑스 혁명사가 알베르 마티에는 이렇게 보충해 설명한다. "혁명은 기진맥진한 나라에서 터지는 것이 아니라 그와는 반대로 진보의 밀물을 타고 번창하는 나라에서 일어난다. 가난은 때로 폭동을 야기할 수는 있다. 그러나 가난은 거창한 사회적 격변을 일으킬 수 없다. 이런 격변은 언제나 계급 간의 균형이 깨어질 때 일어난다."

궁핍과 질병 속에서 결국 굶어 죽고 만 시인 이시카와 다쿠보쿠(石川啄木)의 경우, 가난과 처참한 생활고는 그가 마르크스주의로 기울게 했다. 그런데 하야시 후미코는 이렇게 쓴다.

"아침부터 아무것도 먹지 못했다. 동화와 시를 서너 편 팔아 본들 쌀밥을 한 달 동안 먹을 수 있는 것도 아니다. 배가 고픔과 동시에 머리가 몽롱해져 내 사상에도 곰팡이가 슬어 버린다. 아아, 내 머릿속에는 프롤레타리아도 부르주아도 없다. 그저 흰쌀밥으로 만든 한 줌의 주먹밥이 먹고 싶다.

'밥을 먹게 해 주세요.'"[76]

눈물 나는 절대 빈곤이 아닐 수 없다.

여기서 잠깐 빈곤의 사회적 차원을 생각한다. 말이 나온 김에 다차원적 빈곤 개념을 제기한 경제학자 아마르티야 센의 주장으로부터 시작된 역량 기반 접근(capability approach)을 빼놓을 수 없다. 이 접근법은 궁극적으로 인간의 삶의 질을 측정하는 가장 기본적인 차원은 무언가를 하거나 하지 않을 자유라는 생각에 근거하고 있다. 즉, 빈곤을 측정하는 데서 단순히 경제적 자원의 부족을 측정하기보다는 어떤 차원에서 사람의 자유 또는 역량이 제한되는가를 측정하자는 제안인 것이다.

예를 들자면 두 사람이 똑같이 굶고 있는데 한 사람이 단순히 종교적인 이유에서 굶고 있고, 다른 한 사람은 먹을 것이 없어서 굶고 있는 것이라면 단순히 굶고 있다는 사실만으로 빈곤 또는 삶의 질을 측정하는 것은 합당하지 않다는 것이다.

따라서 빈곤이란 사람들의 역량이 제한된 상태로 정의해야 한다. 그리고 이 제한된 상태를 측정하기 위해서는 단순히 객관적인 조건뿐 아니라, 환경적인 제약이라든가 각 사람들의 내재적 특성은 같은 자원을 가진 사람들이 같은 조건에 있다고 가정하여도 자신의 삶의 질을 평가하는 방식이 다를 수 있다는 면에서 기존 후생경제학적 접근은 "가치

76・하야시 후미꼬, 이애숙 옮김, 『방랑기』 창비, 2015, 95쪽

평가 무시(valuation neglect)"를 범하고 있다고 센은 비판한다. 그리고 삶의 질을 향상시키는 요소로서 자원을 사용할 수 있는 능력 등을 모두 고려해야 한다는 것이다.

마지막으로 사족이다. 『방랑기』는 일본의 지방 사투리를 한국의 경상도 사투리로 치환해 옮겼는데, 비슷한 사례로 하인의 말을 충청도 사투리로 옮긴 래드클리프 홀의 소설 『고독의 우물』[77]과 마찬가지로 읽기를 방해할 뿐만 아니라 지역 방언과 하인의 말투를 사투리로 옮기는 '지배 언어 이데올로기' 또는 '중심 패권의식'에서 비롯된 것은 아닌지 의구심을 갖게 한다. 이는 번역의 흠이라 하겠다.

77 • 임옥희 옮김, 펭귄클래식코리아, 2008

39 꿈속의 대화

■ 발터 벤야민 선집
조형준 옮김, 『파리의 원풍경』(아케이드 프로젝트 1),
새물결, 2008
조형준 옮김, 『보들레르의 파리』(아케이드 프로젝트 2),
새물결, 2008
김영옥 윤미애 최성민 옮김, 『일방통행로 사유이미지』
(발터 벤야민 선집 1), 길, 2007

이 선집은 개인적으로 꾸린 것이다. 나의 책 읽기 편력에서 발터 벤야민을 빼놓을 수는 없다. 이 글은 나의 벤야민 읽기 편력을 벤야민과 꿈에서 만나 대화를 나눈다는 가공의 설정 아래 쓴 것이다.

이 글은 전적으로 가공의 설정이며, 벤야민의 책과 글에 근거를 두

었지만 내가 지어낸 것임을 밝혀 둔다.

- 벤야민 선생, 지난번 꿈에 만났을 때 당신이 국경에서 총을 맞고 죽었다는 인상을 갖게 된 이유를 이제야 알게 되었습니다. 당신은 이렇게 썼지요.

"꿈에서 나는 총으로 목숨을 끊었다. 총을 쏘았을 때 나는 깨어나지 않았다. 잠시 시체로 누워 있는 나를 보고 있었다. 그런 다음 잠에서 깨어났다."(내부 공사 관계로 임시 휴업!)

- 당신, 웬만하면 혼자 식사하지 마세요. 이상한 꿈을 꾸게 됩니다. 당신이 말한 글 바로 밑에 있는 것은 읽어 보지 않은 모양이로군요. 혼자서 식사를 한다는 것은 독신으로 사는 것에 대해 제기되는 가장 강력한 이의입니다. 혼자 먹으면 삶이 거칠어져요. 혼자 먹는 것에 익숙해진 사람은 영락하지 않기 위해 엄격하게 살아야 하죠. 그래서 그런지 은둔자들은 검소한 식사를 했죠.

- 배고프면 악몽 꾼다는, 제 외할아버지 말씀과 비슷하군요. 서구인들이 그렇게 생각하는 게 흔한 일은 아닌데. 옛 유대인의 생각 줄기에 그런 것이 많은 모양입니다. 작가, 학자뿐만 아니라 종교가나 명상가들도 당신 책을 읽었으면 좋겠습니다.

- 한국말뿐 아니라 모든 말은 끝까지 들어 보아야 합니다. 음식이라는 건 더불어 먹어야 제격입니다. 식사의 효과를 제대로 내기 위

해서는 나누어 먹어야 합니다. 누구와 나누어 먹느냐는 그리 중요하지 않아요. 옛날에는 식탁에 함께 앉은 거지가 식사 시간을 풍요롭게 만들었지요. 중요한 건 나누어 주는 것이었지 식사하면서 나누는 담소가 아니었습니다. 음식을 대접함으로써 사람들은 서로 평등해지고 그리고 연결되는 겁니다.

– 그 비싸다는 워런 버핏과의 점심식사는 그 예외겠군요. 그리고 지불해야 할 액수에 비해 별로 나누어 주는 것도 없는 것 같고요, 미국 월스트리트 꼬락서니를 보면 말이죠.

– 하하, 엉뚱하군요. 당신 말이에요.

아무튼… 부르주아지의 생활은 사적인 안건들이 지배하는 정권이에요. 어떤 하나의 행동방식이 중요하고 심각할수록 통제에서 벗어나게 됩니다. 정치적 고백, 재정적 처지, 종교, 이 모든 것은 어디에론가 숨어 버리려 하고요, 속물근성은 삶을 철저하게 사적인 일로 만들 것을 선포합니다….

– 그런가요. 저는 종종 가장 사적일 때 공적인 상상력이 충만해지곤 합니다. 혼자 산책, 산행 등에서 얻은 것들을 목로주점 탁자에 올려놓고 막걸리의 영혼을 들이부은 다음 휘저어 언어와 섞습니다.

– 지극히 사적인 연금술이군요! 물론 그걸 당신 바깥에 있는 존재들을 향해 꺼내 놓고 나누는 글쓰기의 겉모양은 갖추었지만 공적이고 사회적이기에는 부족해 보입니다. 시장, 거리, 가급적 (오래된)

건축물들이 많은 곳들을 산책하길 권유합니다. 거기서 얻은 것들을 막걸리에 섞지 말고 먼저 자신의 영혼에 그리고 그다음엔 가까운 사람들의 영혼에 섞기를 권유합니다.

— 찔리는 구석이 있네요. 한반도 남부에서는 병든 인류가 건강을 회복하려는 요양원의 전 단계라고 선생이 말한 놀이공원보다 술집이 워낙 많다 보니 이곳에서도 역사 도시가 어디 못지않게 많지만, 한옥마을 같은 곳에서는 선생의 파사주 같은 영감을 얻기가 쉽지 않아요.

— 지배계급의 건축물에서 그런 영감을 얻기는 힘들겠죠.

— 그것도 문제지만 공공적으로 승인하고 강요하는 아름다움에 대한 저항감이 몹시 큽니다. 또 그것이, 그런 게 있는지는 모르지만 '무계급의 미'를 정신으로 흡입하는 데 신경증으로 작용하구요.

— 충고 하나 하죠. 계급투쟁은 누가 이기고 누가 질 것인지가 결정될 힘겨루기가 아닙니다. 그것은 그 결말에 따라 승리자는 잘 되고 패배자는 좋지 않게 되는 씨름이 아니에요. 그렇게 하는 것은 사실들을 낭만적으로 호도하는 것을 뜻해요. 역사는 끝없이 힘을 겨루며 싸우는 두 사람의 이미지에서 볼 수 있는 악무한이라는 것을 모릅니다.

— 잠이 깹니다. 저도 투쟁이란 대결보다는 균형 맞추기라고 생각해 왔어요.

- 조금 더 자 둬요. 기독교의 신도 자본도 일요일의 늦잠은 허락했으니. 굿바이.
- 보들레르의 산책에 대해 선생께 물어볼 말이 있었는데 할 수 없군요. 이다음에 묻기로 하죠. 어디로 갑니까?
- 국경으로 갑니다.

벤야민 선생에게 묻지 못한 질문의 답을 나는 랑시에르의 책에서 얻었다.

"발터 벤야민이 상품이라는 환영과 파리의 산책 지형학에 입각하여 보들레르의 상상적 세계의 구조를 설명하면서 마르크스의 물신주의 이론에 의존하는 것은 바로 이 점 때문이다. 보들레르의 산책 장소는 파리의 그랑 불르바르보다는 물신주의 이론을 개념화한 발자크, 벤야민에게 직접적으로 영감을 준 루이 아라공의 초현실주의적 몽상에서 떠나지 않았던 발자크의 동굴-상점이 더 맞을 것이다."[78]

- 벤야민 선생, 나는 가끔 선술집에서 글을 씁니다. 좋아서 그러는 것이지만 어떤 경우에는 사람들이 옆에서 술 마시면서 목청을 높이고 소리를 질러대는 통에 짜증이 나기도 하고 울화통이 치밀기도 하지요. 하지만 스타벅스에 가지 않고 선술집을 찾는 이유가

---

78 • 자크 랑시에르, 유재홍 옮김, 『문학의 정치』, 인간사랑, 2009, 42~44쪽

있죠. 대혁명기의 파리, 모스크바 또는 1980년 광주의 '상퀼로트'라고 할 수 있는 사람들의 아우성과 심지어 상소리가 커피 맛보다 달콤할 때가 있습니다.

– 당신이 사는 동네에는 낮에 피아노 연습곡을 연주하는 소리는 안 들리나요? 그런 소리나 사람들이 일하면서 내는 소리 같은 걸 들으면서 글을 쓴다는 것은, 어쩌면 흔히 소음이라고 할 수도 있는 그런 소리, 문장들을 당신의 내면이나 글 속에서 의미 있게 수용할 수 있느냐 없느냐 하는 테스트지요.

– 선생의 책에서 읽은 적이 있는 내용이군요. 당신은 어느 글에서인가 말라르메의 시를 인용한 적이 있지요.

"처녀처럼 굳게 닫힌 책

그러나 곧 옛 책들의 절단면을 붉은 피로 물들일 제물이 되리니

소유를 위한 무기 아니면 봉투칼이 안에 끼워질 것이다."

요즘 당신의 책을 포함해서, 책을 펴거나 내 노트를 펼 때마가 이 시 구절이 떠오릅니다. 당신은 책과 원고를 품에 안고 국경을 넘다가 총에 맞았습니다. 총 맞을 때 기분이 어땠나요?

– 아팠습니다. 하지만 신체적 통증이라기보다는 해머 같은 것으로 두들겨 맞는 것처럼 아주 급격하고 묵직하고, 또 공허하기도 한 그런 느낌이었습니다.

– 당신을 위로하고 싶습니다. 품 안의 책이나 원고가 당신의 심장을

총알로부터 보호해 주었다면, 하는 생각이 드네요.

— 하하. 작가는 무엇이든 상상해야 하지만 그런 일만은 상상하지 마세요. 내 죽음의 이미지가 말하는 것 중의 하나는, 작가는 그런 순간이 올 때까지 글쓰기를 멈추지 말아야 한다는 겁니다. 내가 쓴 작가의 계율 중 그것 한 가지가 빠졌습니다. 안녕히.

— 어디로 갑니까?

— 선술집 갑니다. 그다음엔 국경으로 갑니다. 안녕히.

40 사랑하라, 네가 원하는 것을 하라

■■■ 아우구스티누스, 성염 옮김, 『신국론(제1-10권)』,
분도출판사, 2016

요컨대 "사랑하라"고 한다.

"두 사랑이 두 도성을 이루었다. 하느님을
멸시하면서까지 이르는 자기 사랑이 지상 도
성을 만들었고, 자기를 멸시하면서까지 이르
는 하느님 사랑이 천상 도성을 만들었다."[79]

"아모르 메우스 폰두스 메움(amor meus pondus meum; 사랑은 인간

---

79 • 아우구스티누스, 성염 옮김, 『신국론』, 분도출판사, 2016, 29쪽

실존의 중심이다)"[80]

실존과 하느님 운운하니까 아우구스티누스에겐 사회도 정치도 배제된 것 같은 착각이 든다. 하지만 천만의 말씀이다. 아우구스티누스는 명백히 "사사로운 사랑(amor privatus)"과 "사회적 사랑(amor socialis)"을 날카롭게 구분한다.

"두 사랑이 있으니 하나는 사사로운 사랑이요 또 하나는 사회적 사랑이다. 이 두 사랑이 인류를 두 도성으로 나누어 세웠으니 의인들의 도성과 악인들의 도성이 그것이다."[81]

성염 선생은 이렇게 주석한다. "사사로운 사랑이란 일부만을 사랑하는 사랑, 타인을 염두에 두지 않고 하느님과 자신의 일대일 관계에만 집착하는 사랑이리라. 사회의 분열, 온갖 차별과 편중, 오만과 탐욕의 인색을 키운다. 사회적 사랑은 공동선의 사랑, 화해와 통일과 공평을 도모하는 사랑이며 평화는 정의의 다른 이름이다."[82]

『신국론』의 급진성은 다음 대목에서 응집된다.

"하느님이 사랑이시므로 그 사랑으로 말미암아, 각자가 갖고 있는

---

80 • 아우구스티누스, 김정준 옮김, 『고백』, 대한기독교서회, 1965
81 • 아우구스티누스, 성염 옮김, 『신국론』, 분도출판사, 2016, 29쪽
82 • 위의 책, 30쪽

것들이 만인에게 공통된 무엇이 된다. 사람은 자기가 지니지 못했을지라도 남에게서 그것을 사랑한다면 자기가 지닌 셈이다."

나는 여기서 공산주의 아니면 적어도 공유 또는 나눔의 씨앗을 읽어낸다.

여기서 비교철학적인 논구를 할 계제는 아니지만, 아우구스티누스의 '사회적 사랑' 개념과 관련한 사회상으로 일찍이 공자가 『예기(禮記)』에서 문제 제기를 하고 오늘 중화인민공화국 시진핑 지도부가 잇고 있는 '소강사회(小康社會)'와 '대동사회(大同社會)'의 문제를 거론하지 않을 수 없다.

"공자가 말했다. 대도가 행해지던 때와 하은주(夏殷周)의 현철들이 정치를 했을 때에는 세상은 사유(私有)가 아니라 공공(公共)의 세상이었다. 그리하여 임금 된 자는 그 지위를 자손에게 넘겨주지 않고 착하고 유능한 자를 뽑아 전수했으며 신의를 강습하고 화목함을 닦았다.

그러므로 사람들은 자기 부모만을 섬기거나 자기 자식만을 사랑하는 일이 없었다. 노인들로 하여금 편안하게 그 여생을 마칠 수 있게 하고, 장년은 쓰임이 있었고. 어린이는 교육을 받았다. 홀아비와 과부, 고아와 지식 없는 노인들과 장애인 모두 부양을 받았다. 남자는 각자 소질에 적합한 직업이 있고, 여성들은 각자 의지할 곳이 있다.

재화라는 것은 버려지는 것을 싫어하지만 결코 지나치게 소유하지 않았다. 힘은 반드시 자신의 몸에서 나오지 않는 것을 꺼렸지만, 그것을 자신만을 위해 사용하지는 않았다. 이러한 풍습으로 인해 간특한 음모는 막혀 일어나지 못하고 도적과 반란은 일어날 수 없었다.

그러므로 사람들은 대문을 잠그지 않고 편안하게 살 수 있었다. 이러한 세상을 공평하고 떳떳한 도리가 천하가 함께한다 하여 대동(大同)의 세상이라 하였다."[83]

그리고 요컨대 "네가 원하는 것을 행하라"고 한다.

나는 이런 테제가 카를 마르크스가 말한 공산주의의 비전과 뭐가 다른지 모르겠다.

"(공산주의 사회에서) 각자는 그런 까닭에 고정된 어떤 활동 범위에 갇히지 않고 어디라도 좋아하는 분야에서 자신의 기량을 갈고 닦을 수 있도록 사회가 생산 전반을 통제하고 있다. 그렇기 때문에 자기가 하고 싶은 대로 오늘은 이것, 내일은 저것을 하며, 아침에는 사냥하고 낮에는 낚시하며, 저녁에는 가축을 돌보며 저녁밥을 먹은 뒤에는 비평하

---

83 • 孔子曰 大道之行也 與三代之英 丘未之逮也 而有志焉 大道之行也 天下爲公 選賢與能 講信修睦 故人 不獨親其親 不獨子其子 使老有所終 壯有所用 幼有所長 鰥寡孤獨 廢疾者 皆有所養 男有分 女有歸 貨 惡其棄於地也 不必藏於己 力 惡其不出於身也 不必爲己 是故謀 閉而不興 盜竊亂賊而不作 故外戶而不閉 是謂大同(『禮記』 「禮運」)

는 것이 가능해진다. 게다가 반드시 사냥꾼, 어부, 목동, 비평가가 되지 않아도 좋은 것이다."[84]

아우구스티누스의 '신국 마니페스토'는 이렇게 웅변 포효한다.

"정의가 없는 왕국이란 거대한 강도떼가 아니고 무엇인가? 강도떼도 나름대로는 작은 왕국 아닌가? 강도떼도 사람으로 구성되어 있다. 그 집단도 두목 한 사람의 지배를 받고 공동체의 규약에 의해 조직되며, 약탈물은 일정한 원칙에 따라 분배한다. 만약 어느 악당이 무뢰한들을 거두어 모아 거대한 무리를 이루어 일정한 지역을 확보하고 거주지를 정하거나, 도성을 장악하고 국민을 굴복시킬 지경이 된다면 아주 간편하게 왕국이라는 이름을 얻게 된다. 그런 집단은 야욕을 억제해거가 아니라 야욕을 부리고서도 아무런 징벌을 받지 않는다는 사실만으로도 당당하게 왕국이라는 명칭과 실제를 얻는 것이다.

사실 알렉산더 대왕의 손에 사로잡힌 어느 해적이 대왕에게 한 답변에서 이런 현실이 적나라하게 드러났다. 해적은 알렉산더 대왕에게 거침없이 이렇게 대꾸했다고 한다: "그것은 폐하께서 전 세계를 괴롭히시는 생각과 똑같습니다. 단지 저는 작은 배 한 척으로 그 일을 하는 까

---

84 • 카를 마르크스, 이병창 옮김, 『독일 이데올로기』, 먼빛으로, 2019, 67-68쪽

닭에 해적이라 불리고, 폐하는 대함대를 거느리고 다니면서 그 일을 하는 까닭에 황제라도 불리는 점이 다를 뿐입니다."[85]

---

85 • 아우구스티누스, 성염 옮김, 『신국론』 제4권, 433쪽

협성문화재단
NEW BOOK
프로젝트 총서

인문 오디세이아

ⓒ 홍대욱, 2021

초판 1쇄 발행 2021년 12월 21일

지은이 홍대욱
발행처 (재)협성문화재단
　　　　부산광역시 동구 충장대로160
　　　　협성마리나G7 B동 1층 북두칠성도서관
　　　　T. 051) 503-0341　　　F. 051) 503-0342
제작처 도서출판 책과나무
　　　　T. 02.372.1537　　　E. booknamu2007@naver.com

ISBN 979-11-6752-085-2 (03800)